Simone Émonet

Du même auteur

Commencements, Flammarion, 2022.

Catherine Millet, Les Grands Entretiens d'artpress, 2018.

Aimer Lawrence, Flammarion, 2017.

Avec Bernard Dufour, *L'Œil du désir*, La Différence, 2015.

Une enfance de rêve, Flammarion, 2014 ; J'ai lu, 2015.

*D'*art press *à Catherine M. Entretiens avec Richard Leydier*, Gallimard, 2011.

Le Corps exposé, Éditions Cécile Defaut, 2011.

Jour de souffrance, Flammarion, 2008 ; Points, 2009.

Champion Métadier, Gallimard, 2007.

L'Art contemporain : histoire et géographie, Champs Flammarion, 2006, 2009.

Dalí et moi, Gallimard, 2005.

Riquet à la houppe, Millet à la loupe, Stock, 2003 ; Livre de poche, 2005.

La Vie sexuelle de Catherine M., Seuil, 2001 ; nouvelle édition, 2014 ; Points, 2002, 2009.

Conversations avec Denise René, Adam Biro, 2001.

François Arnal : monographie de l'œuvre, Cercle d'art, 1998.

L'Art contemporain, Flammarion, 1997.

Le critique d'art s'expose, J. Chambon, 1995.

De l'objet à l'œuvre, les espaces utopiques de l'art, art press, 1994.

Roger Tallon, designer, Éditions du centre Pompidou, 1993.

L'Art contemporain en France, Flammarion, 1987 ; réédition augmentée, 2005 ; nouvelle édition, Champs Flammarion, 2015.

Yves Klein, art press-Flammarion, 1983 ; art press, 2006.

Textes sur l'art conceptuel, Daniel Templon, 1972.

Catherine Millet

Simone Émonet

Flammarion

ISBN : 978-2-0804-5042-5

La Fabrique

Pendant longtemps, nos plus proches amis furent le peintre Bernard Dufour et sa femme, la belle et altière Martine, qui était décoratrice. Ce fut Martine d'ailleurs qui découvrit dans l'est de Paris, quelques rues au-delà du Faubourg-Saint-Antoine où prédominaient encore les boutiques d'ensembliers et les artisans du meuble, les ateliers d'un marbrier qui venait de faire faillite et dont elle imagina qu'ils pourraient être transformés en habitations, pour nous et pour d'autres amis, et qu'on appela spontanément La Fabrique. La Fabrique de Reuilly, pour être exacte. Maintenant, Bernard et Martine sont morts et plusieurs propriétaires et locataires se sont succédé dans ce qui avait été leur appartement, d'autres ont quitté l'endroit ou sont morts. Ainsi Jacques et moi restons-nous les derniers de tout ce groupe d'artistes et d'intellectuels qui avaient projeté leur vie dans ce long rectangle de brique rouge, clos sur lui-même, caché dans la ville, étonnamment silencieux hors la saison où merles et mésanges habitent la cour intérieure qui s'est remplie, au fil des années, d'un fouillis d'arbres et de plantes en pot de toutes sortes, certaines dont les feuillages ont gagné les murs et enfouissent encore un peu plus l'esprit du lieu.

Nous avions été les premiers à y emménager au printemps 1980. L'été qui suivit, je prenais le soleil à moitié nue dans la cour, avec ce sentiment de liberté sagement pervers que procure le fait d'aller et venir comme si l'on était dans sa salle de bains alors qu'on se trouve dans un espace normalement partagé avec d'autres, qui pourrait être un immeuble de bureaux la nuit ou un hôtel hors saison fermé, provisoirement peuplé de fantômes. Je me souviens de cette période comme heureuse et rude. *Artpress*, créé à la fin de l'année 1972, avait été entraîné dans la faillite de l'éditeur qui en avait assuré cahin-caha la publication depuis quatre ans, mais après des mois de conflits avec cet homme, d'incertitude sur l'avenir, une interruption de la parution, et malgré un procès encore en cours, le magazine recommençait à paraître grâce à de nouveaux associés. Pour ce redémarrage, nous n'étions que trois à assumer toutes les tâches : rédaction, mise en page, diffusion, prospection publicitaire (expression ronflante pour désigner les coups de fil timides passés à des directeurs de galeries d'art qui voulaient bien nous soutenir), et nous étions installés dans ce qui avait été l'office plutôt lugubre d'un grand appartement de la rue Saint-Dominique, à deux pas des Invalides. Le soir, quand je quittais le bureau, je m'arrêtais au kiosque qui se trouvait à côté de la bouche de métro sur l'Esplanade ; j'y achetais une barre de chocolat dans laquelle je mordais, les yeux mi-clos, recroquevillée sur ma banquette. J'avais encore à faire un détour pour porter au bureau parisien de l'imprimeur, dans le 15e arrondissement, le paquet de pages maquettées dans la journée ; à cette heure, le bureau était désert, j'avais la clef, je déposais mon paquet à l'endroit convenu, avec la prestesse d'une espionne des documents subtilisés ; puis j'allais attraper un bus au trajet interminable qui me ramenait à La Fabrique. Là, la jeune femme qui s'enfuit que j'avais été quatorze ans auparavant, échappant à ses parents, quittant sa banlieue, avait confusément trouvé une sorte de maison de famille.

Jacques venait de publier *Carrousels*, son troisième roman, aux Éditions du Seuil, dans la collection Tel Quel. Le livre avait été défendu dans les pages du *Nouvel Observateur* par Christian Bourgois – l'éditeur de Gombrowicz, de Burroughs –, ce qui était flatteur, et parmi les lettres que Jacques avait reçues, il y en avait une, tellement élogieuse, de notre vieil ami Gilbert Lely, biographe du marquis de Sade. Il reliait ce livre aux deux précédents, *Archées* et *Chasses*, pour les comparer aux « trois hautes lances rouges parallèles de *La Bataille d'Uccello* » !

Le savait-il ? Des pages du livre étaient l'écho d'un voyage que nous avions fait en Italie. J'étais fière, parce que c'était moi qui avais insisté à la fin du périple, auprès de Jacques fatigué de conduire la moto, pour que nous poursuivions encore, je tenais à ce qu'il découvre Assise, où m'avait conduite des années auparavant mon copain italien Giancarlo, et la vision idéale, l'absolue coïncidence des peintures de Giotto et de la ville m'avaient persuadée que durant toute ma vie se poursuivrait le même songe d'harmonie. Sur la route, nous avions vu s'avancer vers nous le lourd et long convoi des deux basiliques couchées l'une par-dessus l'autre, rose dans le soir, et le lendemain, au réveil, en ouvrant les volets, Jacques avait été ébloui parce que l'air léger était à nouveau lavé de rose. Et c'était ainsi que commençait son roman.

Jacques enseignait les lettres et l'histoire-géographie dans un collège situé dans le Marais, rue du Grenier-sur-l'Eau, et il écrivait pendant le temps libre dont il disposait. Mais, en prévision de notre emménagement, en fin d'après-midi et le week-end, il avait peint tout en blanc les murs de notre future habitation, grimpé sur un échafaudage là où il y avait cinq mètres sous plafond. Il « bossait dur » avait déclaré son père. Jamais nous n'aurions pu acheter un aussi bel appartement, aussi grand, si les parents de Jacques, qui pourtant n'étaient pas riches, ne lui avaient pas avancé une partie de l'argent dont il faut dire qu'ils ne demandèrent jamais à être totalement remboursés ; moi, l'interruption d'*artpress* m'avait mise au chômage et mes parents, contrairement aux siens, ne s'étaient certainement jamais souciés d'économiser pour aider un jour leur progéniture. Un concours de circonstances heureux m'avait procuré un lieu de vie merveilleux, sans que j'aie eu à le chercher.

Martine s'était chargée des plans de notre lot, le grand rectangle de brique ayant été découpé en tranches verticales qui disposaient toutes d'une entrée particulière, et que chacun des neuf propriétaires aménageait selon son goût. Entre elle et moi, il fut vaguement question d'une chambre d'enfant, sur sa suggestion à elle qui n'en avait pas. Souvent, les femmes nullipares aiment bien encourager les autres à la maternité, pour satisfaire par procuration, se dit-on, l'instinct maternel dont elles ne sont pas forcément dépourvues, certaines aussi, je le soupçonne, pour garantir inconsciemment, fantasmatiquement, leur situation de femme disponible pour l'amour quand les autres sont prises par leur devoir maternel. L'idée de l'enfant occupa un coin de mon esprit. Je voyais mes plus jeunes amies devenir mères et, sans en faire l'objet d'une réflexion morale, par respect pour Jacques, pour notre relation qui était plus paisible que celle que j'avais connue auparavant, j'essayais d'être moins inconséquente, moins dispersée dans des relations sexuelles avec les uns et les autres. J'ai brièvement rêvé de la chambre d'enfant, exactement comme j'ai toujours rêvé et comme je rêverai toujours de vivre d'autres vies.

Une seule fois, ma mère nous rendit visite à La Fabrique, ce fut au début de l'année 1981. À cette époque, elle souffrait de douleurs multiples, de crampes qu'elle ressentait dans les quatre membres et d'une très grande fatigue. On lui avait détecté une polynévrite, qui expliquait ses difficultés à marcher et jusqu'à tenir un stylo, puis elle avait éprouvé de violentes douleurs hépatiques. Elle suivait des traitements pour tout ça, on avait fini par lui arrêter le lithium prescrit depuis des années, mais elle continuait à prendre des antidépresseurs. Quand elle énumérait tous ses maux, je ne savais jamais trop quoi penser. Je l'avais toujours connue migraineuse, et une vision d'elle gardée depuis l'enfance l'a inscrite dans mon cerveau anxieux, raide et muette au fond du lit, avec sur le front une serviette trempée d'eau froide qu'il fallait renouveler sans cesse, et le silence imposé dans la maison était celui d'une cérémonie religieuse, on parlait bas, on marchait avec précautions. Elle était encore jeune quand l'opération des ovaires avait été nécessaire, opération dont j'entendis parler, sans en comprendre les conséquences, parce qu'elle s'en vantait presque. Mais avec l'âge, les maux s'étaient multipliés, tellement divers et générateurs d'un vocabulaire digne du Vidal que je ne comprenais pas toujours, tandis qu'elle le débitait comme si elle appartenait au corps médical, et cela depuis longtemps. N'était-elle pas couramment pour son entourage « cette pauvre Simone » ? Finalement, elle avait été opérée à la fin du mois de novembre précédent de la vésicule biliaire et d'une hernie hiatale. Ces maladies expliquent qu'elle n'avait pas eu plus tôt la curiosité, ni surtout la force de venir voir cet endroit où sa fille avait cette chance inespérée de pouvoir habiter.

Tout le temps de la visite, elle se montra détendue et ce fut joyeux. La lumière d'après-midi était très belle. Comme la maison n'est ouverte que d'un seul côté, lorsqu'il fait beau, la lumière qui nous arrive par la cour étroite n'éclaire pas tant la pièce du rez-de-chaussée qu'elle n'y jette des reflets d'or dans l'ombre pâle. J'aime ce tamisage que je ne reconnais jamais sans éprouver dans mes entrailles une sensation intense et presque tragique du présent.

Simone était là quand arrivèrent à l'improviste notre ami le sculpteur Klaus Rinke, accompagné de celui qui était une des stars de l'art contemporain, Joseph Beuys. Une vaste exposition de la scène artistique allemande intitulée *Art Allemagne Aujourd'hui* s'ouvrait au Musée d'art moderne de la Ville de Paris et ils étaient venus installer leurs œuvres.

La scène allemande était la plus dynamique en Europe, cohérente, structurée par de nombreux musées, *kunsthalle* et galeries, et par la fameuse Kunstakademie de Düsseldorf où une génération d'artistes formait la suivante et l'adoubait, où Beuys et Rinke enseignaient. Mais cette scène avait été peu exposée en France, où l'on regardait avec circonspection toute cette créativité soutenue par la puissance économique de l'Allemagne appuyée par les États-Unis – quand le marché de l'art contemporain en France vivotait – et qui apparaissait d'autant plus insolente qu'elle abordait elle-même de front, dans ses œuvres, et sans qu'on lui demandât, le passé récent de son pays.

À la manière douce dont au cinéma l'image suggère un grand saut dans le temps – le paysage est le même, mais de nouvelles constructions y poussent à vue d'œil, ou bien les personnages ont soudainement vieilli, mais leurs cheveux sont trop blancs et leurs rides trop profondes dans leurs visages jeunes pour qu'on y croie –, j'ai vu se fondre deux temps de ma vie qui ne s'étaient jamais enchaînés, qui se déroulaient dans deux espaces qui n'avaient encore jamais communiqué. J'ai vu le corps de soixante-deux ans de ma mère, ses membres amaigris, son fragile mètre soixante, qui n'était peut-être plus qu'un mètre cinquante-huit, et sa tenue soignée, les sautoirs fantaisie sur son pull-over, et sa mise en plis dont les boucles gardaient l'empreinte des bigoudis, trahissant qu'elle était faite maison, en présence de celui de Klaus Rinke, géant dont le buste était étroitement moulé dans un pull-over sombre et la tête auréolée d'une volumineuse et mousseuse chevelure, et de l'icône Joseph Beuys que j'approchais pour la première fois et qui ressemblait à ses photographies. Simone n'était pas intimidée, seulement discrète, attentive à ce que nous racontions, et elle souriait de bon cœur quand Klaus éclatait de son rire si franc et terriblement sonore. Beuys, lui, observait, affable, sans se départir de son visage placide qui vu de près avait de la douceur. Jacques proposa aux artistes de leur faire faire la visite et tandis qu'il les entraînait à l'étage, elle me dit, en les suivant du regard, sans moquerie, interrogative : « Il est drôle celui-là avec son chapeau et son gilet ! »

Quand ils ont réapparu, Beuys, qui en effet n'avait pas quitté le gilet multipoches et le chapeau en feutre, enfoncé droit sur le front, qui ont servi à façonner son image publique, est resté un moment sur le palier, accoudé à la rampe de l'escalier, les yeux sur notre chat Pierrot, grand et beau chat au pelage noir et blanc façon smoking, et qui, du bas de l'escalier, sérieux sur son séant, le fixait en retour. Ni Jacques, ni Klaus ou moi, ni ma mère, bien sûr, n'avons dérangé la scène, et j'ai attendu que les artistes soient partis pour expliquer que quelques années auparavant Joseph Beuys s'était enfermé trois jours seul avec un coyote dans une galerie de New York, qu'il n'avait rien voulu voir de l'Amérique impérialiste ni des Américains arrogants, seulement communiquer avec un animal qui pour les autochtones était sacré. Nous avons ri à l'idée que notre chat Pierrot, lui aussi, avait eu l'honneur de dialoguer avec l'artiste célèbre qui se prenait pour un chaman.

Une histoire avait fait irruption dans une autre qui n'avait rien à voir. Ma mère, que d'habitude je ne voyais que chez elle – quand ce n'était pas à l'hôpital –, c'est-à-dire dans le trois-pièces de la rue Philippe-de-Metz à Bois-

Colombes où elle vivait seule désormais, où j'avais passé mon enfance, et où je me retrouvais alors oppressée de la même façon par ses malheurs et ses obsessions, figurait sur la même image qu'un artiste dont l'œuvre m'était familière mais dont la personne m'était et me resterait étrangère, qui se trouvait au sommet de la célébrité dans un monde où je m'étais engagée, il faut bien le dire, sans réfléchir et où, pour l'heure, je n'étais qu'emportée dans une course en avant. Si j'avais eu, ce jour-là ou plus tard, suffisamment de familiarité avec Joseph Beuys pour lui raconter, par exemple, que ce chat m'avait été donné par ma mère, dans une courte période où j'avais décidé de vivre seule dans un petit appartement de la rue des Archives, où elle venait me voir souvent, prétendant y faire le ménage parce que, estimait-elle, j'avais suffisamment de travail comme ça avec le journal, peut-être le raccordement se serait-il fait, mais ça n'était pas le cas. Une amie à qui j'avais confié le bonheur éprouvé au contact de ma mère tranquille en visite dans le monde que j'habitais désormais, partageant l'espace que je partageais avec les artistes, avait fait ce commentaire : retrouver l'harmonie dans la relation avec sa mère, après les révoltes et les disputes des années d'émancipation, était le signe que l'on était prête à devenir mère à son tour.

Je n'ai pas d'autre souvenir de ma mère à La Fabrique. Aussi l'image de l'improbable rencontre prit-elle sa place dans ma mémoire, composite et insolite comme une image rêvée, sauf qu'elle avait été bien réelle, un réel sans attache en quelque sorte. Un soubresaut dans le déroulé de la vie.

Seconde naissance

Peu après cette visite, au printemps, ma mère partit faire un séjour dans un centre de rééducation fonctionnelle en Normandie, dans le village de Siouville, ce qu'elle avait demandé avec insistance au médecin de lui prescrire, et elle s'y plut. Elle était logée dans une petite maison à l'écart du bâtiment principal, face à une plage immense, et elle s'entendait bien avec sa voisine de chambre. Elle continuait à se plaindre de la fatigue, mais là c'était parce que les soins s'enchaînaient tout au long de la journée et qu'elle n'avait pas une minute à elle ! Elle trouva pourtant le temps de m'écrire une carte postale affectueuse où c'était elle qui s'inquiétait de ma santé, elle trouvait « ennuyeux » que je sois à ce point fatiguée « chaque mois ». J'avais en effet, moi aussi, mes maux physiques ; s'y ajoutait l'anxiété. La directrice du musée qui venait d'exposer Klaus Rinke et Joseph Beuys, Suzanne Pagé, m'avait proposé, au débotté, sur le seuil d'une galerie d'art où nous nous étions croisées par hasard, de son débit de voix précipité qui la faisait bafouiller tandis que ses beaux yeux bleus de brune barraient la route, d'organiser une exposition.

Plusieurs expositions en Europe avaient fait grand bruit, notamment au début de l'année, *A New Spirit in Painting*, à Londres, réplique aux *Neuen Wilden / Nouveaux Fauves*, un an auparavant, à Aix-la-Chapelle. Du fait de ses motifs figuratifs quelquefois provocants ainsi que de l'agressivité de ses couleurs, en revendiquant surtout les outils traditionnels du peintre, une nouvelle génération d'artistes affolait les milieux d'avant-garde, ceux auxquels j'appartenais, ceux qui s'étaient installés dans l'idée que la couleur sur la toile devait être appliquée uniformément et n'avoir rien à représenter qu'elle-même puisque les objets se représentaient très bien tout seuls, selon la logique généralisée du ready-made de Marcel Duchamp. Suzanne et moi avions vu ces expositions. Nous étions tombées d'accord sur le fait que nous pouvions tenter de rendre compte différemment de ce qui apparaissait comme une révolution conservatrice au sein du monde de l'art contemporain. Du jour au lendemain, elle me confia donc l'organisation d'une exposition internationale que j'allais intituler *Baroques 81*. L'idée était que cette nouvelle peinture ne niait pas les avant-gardes, mais qu'elle les avalait purement et simplement, d'où les formes monstres qu'elle déployait. « Monstre » était le mot choisi par Severo Sarduy qui préfaçait le catalogue. J'allais installer des œuvres de mon choix là où Klaus Rinke et Joseph Beuys avaient posé les leurs. C'était la première fois que je me voyais confier une telle responsabilité.

L'apaisement qu'avait procuré le séjour en Normandie ne dura pas. Ma mère fut à nouveau hospitalisée un peu avant l'été. Là, mes souvenirs ne sont plus si précis, et ceux qui concernent la préparation de l'exposition prévue pour la rentrée sont épars. C'est par raisonnement, non au travers d'images sensibles, que je situe à cette époque l'opération de mon père d'un cancer de la gorge. Je me trouvais être une bonne fille de courir, comme je le disais allègrement dans l'espoir d'en alléger le devoir, d'un hôpital à l'autre, la Salpêtrière pour elle, Laennec pour lui. Au début de l'année 1982, toutefois, elle était de retour chez elle. Un peu plus d'un an après l'épiphanie de son passage à La Fabrique, deux jours après que j'avais été saisie par la vision de la même femme en peignoir et dépeignée dans son appartement du septième étage de la rue Philippe-de-Metz, et qu'en la quittant j'avais eu le sentiment de m'arracher à elle, le matin du 24 mars, elle se suicida. Mon père était mort à l'hôpital le 20 août. *Baroques 81* avait ouvert au public le 1er octobre.

Le soir du 24 mars, Bernard Dufour me téléphona. Bernard habitait principalement au Pradié, la magnifique, quintessentielle maison de maître qu'il avait achetée dans l'Aveyron, dans un moment où sa peinture s'était éloignée d'une abstraction qui lui avait valu le succès, pour une figuration qui ne pouvait être rapprochée d'aucun style connu, chargée d'inquiétude et d'érotisme comme elle l'était. Il avait désiré vivre sa solitude, tandis que Martine était contrainte par ses activités de rester à Paris, et ils se rejoignaient, alternativement au Pradié ou à La Fabrique, pour des week-ends, pour quelque circonstance parisienne qui appelait la présence de Bernard, ou pour les vacances. Mis au courant par Martine, Bernard m'appelait du Pradié. Il avait été marié deux fois avant de rencontrer Martine, et sa première femme, Anne, une femme dont une photographie en gris et blanc révèle le visage d'oiseau mélancolique, s'était suicidée. Je savais cela. Le couple habitait un petit appartement attenant à l'atelier du peintre. Celui-ci était sorti un matin de bonne heure et quand il était rentré à midi, en ouvrant la porte, il avait vu d'abord le pistolet sur le sol. Anne avait la tempe éclatée. À la douleur s'ajoutèrent pour Bernard des mois de tourments dus à l'enquête, il fut surveillé par la police, interdit de quitter le territoire national, soumis à des interrogatoires. L'enquête était normale, il était le mari et il était celui qui avait découvert le corps, les policiers faisaient leur travail, mais lorsque bien des années plus tard il revenait sur le drame, il disait : « Tout est fait pour vous culpabiliser. » Et sans doute ne pensait-il pas seulement aux questions des policiers, car il y a aussi les questions que se pose sans vous les adresser une partie de l'entourage, parce que les vivants cherchent toujours à expliquer la mort. Ils cherchent dans le cas d'une mort naturelle, ils se demandent si la maladie n'aurait pas pu être évitée, ils émettent des hypothèses sur les soins, savoir s'ils ont été ou non les mieux adaptés. Alors ! Quand la mort n'a pas été annoncée, ils s'égarent encore plus dans la chaîne infinie des causalités. Évidemment, Bernard ne me rappela pas tout ça, il se contenta de dire, il répétait : « Défends-toi ! Défends-toi, Catherine ! » Avec la même véhémence qu'il mettait dans les conversations que nous avions sur la peinture, il insistait : le suicide était une agression contre les vivants, les vivants devaient la repousser, refuser la culpabilité ; on ne connaît jamais les raisons qui ont conduit quelqu'un au suicide, elles sont trop profondes, trop enchevêtrées, il faut se défendre contre tout sentiment de responsabilité. Quand le téléphone avait sonné, j'étais allée décrocher dans mon bureau sans prendre le temps d'allumer la lumière. J'écoutais la voix ardente et catégorique de Bernard. Je l'entendais bien, c'était clair, parce que je n'éprouvais pas de culpabilité, parce que je ne pouvais pas encore trouver en moi la trace, la place d'un sentiment. Toute ma vie était contenue dans cette petite pièce plongée dans le noir où je me trouvais dans ce moment précis, celle qui était pour moi seule, où je travaillais dans la tranquillité, au rez-de-chaussée du grand appartement.

Est-ce en effet parce que le souffle de la mort m'avait traversée que désormais vidée, déblayée

– plus tard, je pourrais dire délivrée –, je laissais pénétrer en moi une atmosphère purifiée où pouvaient venir se poser, légers comme les doigts des oiseaux sur le sable, une simple parole, une idée claire, une image qui s'inscrivaient, découpées dans la lumière d'un matin froid ? Le lendemain, je croisais notre voisine Paule dans le jardinet qui sépare l'entrée de La Fabrique des immeubles qui la précèdent depuis la rue. Qui ne connaissait pas Paule Thévenin, à l'époque, dans le milieu littéraire parisien ? Elle était celle qui depuis trente ans, loupe en main, impavide paléographe, transcrivait les manuscrits d'Antonin Artaud pour la publication de ses œuvres complètes chez Gallimard, elle était l'amie dévouée de Pierre Boulez, Jean Genet, Michel Leiris, Jacques Derrida, et celle de Roland Dumas… Admirée pour son travail, détestée pour son caractère autoritaire, quelquefois aimée d'être tout à la fois cette travailleuse intègre et cette emmerdeuse tenace. L'étroite cour intérieure de La Fabrique servait de caisse de résonance à ses disputes avec Bernard, la plupart du temps à propos d'un problème de copropriété ; elle harcelait Martine, qui la prétendait jalouse d'elle, avec des histoires de conduits de cheminée qui risquaient d'endommager les manuscrits qu'elle protégeait. Avec nous, le voisinage était serein.

Paule s'est plantée devant moi pour me dire aussi laconiquement que ça : « Catherine, j'ai appris pour votre mère. Je vous présente mes condoléances. » Son regard posé dans le mien comme elle savait le faire, et qui contrastait si curieusement avec sa bouche de petite fille qui suce un bonbon, bien vue par Artaud dans l'un des portraits qu'il fit d'elle, elle paraissait évaluer sur une échelle mentale le degré de mon affliction, ou de ma force de caractère. Elle ajouta : « Vous verrez, pour une femme, la mort de la mère est une seconde naissance. »

Entre elle et nous, l'amitié était muette. Cette amitié s'exprimait dans la réserve amusée qu'elle et Jacques adoptaient lorsque inévitablement surgissaient leurs divergences politiques, et dans les petits services rendus : elle prenait soin de notre chat pendant nos vacances, nous gardions le sien quand c'était elle qui s'absentait. À travers la fenêtre ouverte, elle nous demandait si nous n'avions pas une Bible à prêter à Michel Leiris, ce qui appelait le commentaire rigolard de Jacques : est-ce que Leiris ne pouvait pas s'en payer une ? Pour un numéro d'*artpress,* elle nous confia un jour un texte inédit d'Artaud sur Balthus, un texte que Balthus n'aimait pas parce que Artaud racontait l'avoir trouvé seul un soir qu'il avait voulu se suicider, au fond de son lit avec à sa gauche sur une chaise une petite fiole de quinze grammes de laudanum de Sydenham.

Je me suis demandé si la phrase de Paule n'était pas une de ces consolations passe-partout que l'on propose aux personnes brutalement endeuillées, car on se sentirait désobligeant d'être trop vite silencieux devant le vide de la mort. Est-ce que cette « seconde naissance » n'appartenait pas au même registre de civilités que ce que j'avais entendu après la mort de mon père, il y avait peu, telles que : « Ça a été rapide, au moins, il n'a pas souffert pendant des mois », ou même, après l'accident qui avait tué mon frère : « Quand tu penseras à lui plus tard, il sera toujours jeune et beau » ? Mais non, finalement, c'est moi qui l'ai répétée une ou deux fois cette phrase, quand la funeste circonstance se présenta, et comme un talisman qui perdrait son pouvoir d'être explicité, parce que cette phrase, quand même, elle est énigmatique.

Une plaisanterie idiote

En 1974, un peu moins d'un an après la mort soudaine dans un accident de voiture de mon unique frère, ma mère avait demandé le divorce. Elle avait déposé la requête en mars et le 17 décembre, ça n'avait pas traîné, le jugement était prononcé. Elle changea donc de nom, désormais elle ne s'appelait plus Millet, mais Émonet. Elle me l'annonça sur un ton quelque peu solennel, en présence de ma grand-mère, sa mère, qui opina. C'était très bien comme ça. Cette grand-mère de quatre-vingt-douze ans ne bougeait plus son corps qu'avec les plus grandes difficultés. Pour hocher la tête, son mouvement était court et doux, on aurait dit que son corps inerte et léger dodelinait du chef d'avoir été déplacé un peu trop vivement, à la façon de ces petits chiens en résine qu'on voit sur la plage arrière des voitures.

La cérémonie était restreinte, mais le public était composé des deux seules personnes au monde pour qui ce changement d'identité comptait. Selon la loi, une femme divorcée est dans l'obligation de reprendre ce qu'on appelait jadis son nom de jeune fille, garder le nom du mari doit être motivé et approuvé par le juge ; le changement d'identité ne pouvait donc pas être un choix, même si ma mère l'endossait résolument, crânement. Elle reprenait le nom de femme mariée de sa mère, cette mère qu'elle n'avait jamais quittée : Simone s'était mariée au mois de mai 1939, à vingt et un ans ; en septembre, son mari partait à la guerre, et ma grand-mère aussitôt était venue s'installer auprès de sa fille, dans le petit appartement où le couple avait à peine eu le temps de vivre sa lune de miel. Cinq ans plus tard, rentrant de captivité, mon père trouva là, dans l'encombrement des meubles choisis de style « rustique », sa belle-mère. Et quand après trente ans de coexistence patiente, non sans les sporadiques accès belliqueux de part et d'autre, il « abandonna le domicile conjugal », Jeanne Émonet y demeurait toujours. Les distances entre son lit, qui faisait office de divan dans ce qui était une sorte de salon, la cuisine et le cabinet de toilette correspondaient à tout ce que ses jambes rhumatisantes lui permettaient de parcourir. Elle ne quitta ce périmètre que pour aller mourir à l'hôpital.

Simone abandonnant Millet pour Émonet, nom de sa mère, je faisais moi l'expérience de ne plus m'appeler comme la mienne. Je ne m'y suis jamais complètement habituée. J'avais beau considérer comme raisonnable sa décision de divorcer et lui avoir conseillé l'avocat qui était un de mes amis, jamais je n'ai écrit sur une enveloppe ou une carte postale son nouveau nom sans qu'un imperceptible hiatus n'isole cette personne à qui j'adressais un courrier de celle dont je parlais en disant « ma mère ». (Sortie de l'enfance, je n'ai jamais employé, pas plus que mon frère, d'ailleurs, l'appellatif « maman ». Quand je lui téléphonais, je ne disais pas « Allô, maman ? », je disais « C'est moi. »)

Au moment de l'accident fatal, Philippe, de trois ans mon cadet, avait vingt-deux ans, il était étudiant, il habitait toujours avec nos parents. On peut dire que c'était lui qui les maintenait dans la cohabitation, toute relative il est vrai, car mon père s'absentait souvent à l'occasion d'un week-end ou d'un jour férié. Ce n'est pas que ce père et cette mère auraient voulu préserver pour leur fils un semblant de vie familiale, parce que depuis sa petite enfance, celui-ci avait assisté à toutes leurs batailles, puis, les années passant, à leur guerre de tranchées. Non, Simone et Louis continuaient de se croiser le soir dans la cuisine, par habitude, manque d'énergie, de désir d'aller chercher ailleurs une vie meilleure qui après tout aurait pu être à leur portée, et la présence de Philippe avait l'avantage de dériver leurs regards et leurs paroles. Quand du jour au lendemain ils ne purent éviter le tête-à-tête, ils se séparèrent. Philippe mourut en avril, en août mon père avait trouvé à louer à Dampierre, dans la vallée de Chevreuse, une ancienne petite maison de gardien. L'endroit était joli, en lisière d'un bois, dans une région qu'il connaissait bien pour y avoir chassé le faisan avec son frère et son neveu, et un ancien copain de captivité. J'aimais passer quelques heures avec le tranquille et modeste célibataire à la retraite qu'il était devenu, qui avait l'air d'aller bien, en dépit d'une mélancolie silencieuse sous une bonhomie forgée tout au long de sa vie au contact de la clientèle, dans le 7e arrondissement familial et bourgeois de Paris, quartier du Gros-Caillou, d'abord en tant que vendeur de belles voitures, puis en tant que très patient professeur de conduite.

Évidemment, dans sa requête, ma mère fit valoir l'abandon du domicile conjugal par son mari, y ajoutant quelques infamies. Les avocats sont payés pour distiller en entités caractérisées l'immonde conglomérat qui cimente un mariage d'amour fossilisé en ménage de haine : « le mari violent avec sa femme », « les liaisons adultères », « le refus de tenir compte des nécessités matérielles du ménage », jusqu'à une « mauvaise gestion de son entreprise d'auto-école » qui lui était reprochée. (Je n'ai pas d'opinion personnelle concernant cette gestion, mais par souci d'équité, je dois ajouter que si ma mère prit des gifles, il arriva que ce fût pour arrêter chez elle un désordre de gestes hystériques, agressifs, et que, d'autre part, j'atteste lui avoir connu personnellement deux amants.) Mon père se ficha complètement de la procédure, il ne se rendit à aucune convocation et, en décembre 1974, il était divorcé, à ses dépens, ce qui ne changea rien à sa situation. Quant à ma mère, elle reprenait donc son nom de naissance et elle le reprenait deux mois avant la mort de celle qui le lui avait transmis, qui fut hospitalisée à la fin du mois de février pour des saignements à l'estomac et qui mourut en quelques jours d'une infection contractée sur place. Désormais, dans le trois-pièces où tant bien que mal nous avions réussi à vivre à cinq, à six si l'on tient compte de la compagnie d'un épagneul breton dont le tempérament débonnaire équilibrait l'atmosphère, Simone Émonet était seule avec un chat tigré et une pitoyable petite chatte blanche aux yeux chassieux. Je me demande si cette généreuse lubie qui la prit de venir épousseter et passer l'aspirateur chez moi quand je louais un appartement rue des Archives n'était pas suscitée par le fait que, comme elle, je me retrouvais seule, séparée de Daniel, l'homme que j'avais rejoint quand j'avais fui la rue Philippe-de-Metz et que je fuyais à son tour. J'avais vécu avec lui pendant dix ans, débuté ma vie d'adulte, et c'était en sa compagnie que je m'étais engagée dans la vie professionnelle. Elle aimait bien Daniel, ce qui ne l'empêcha pas d'aimer me voir vivre seule.

Je restai environ quatre ans rue des Archives, où Jacques me rejoignit brièvement en attendant que soient finis les gros travaux d'aménagement de La Fabrique. Il ne connut que Simone Émonet. Et ce fut au retour d'un repas pris chez elle qu'il prononça cette sentence, jamais vérifiée : « Simone Émonet aime le melon. »

Nous avait-elle seulement servi du melon ce jour-là ? Dans mon souvenir, la première occurrence de cette déclaration est associée à un retour de Bois-Colombes après dîner, la moto arrêtée à un feu rouge, quelques mots échangés sur l'empressement gentil de Simone et sur sa bonne volonté malheureuse de cuisinière (je possède toujours deux classeurs bourrés de recettes savantes qu'elle avait recopiées sur la machine à écrire du bureau, avec sûrement beaucoup plus de dextérité qu'elle n'en eut jamais pour les réaliser), Jacques lançant joyeusement : « Simone Émonet aime le melon », et moi pouffant de rire dans son dos. Je tenais ma petite vengeance d'un nom qui ne me plaisait pas. On ne s'attarde jamais à essayer de comprendre ce genre d'impression mais il est probable que ce nom commençant par une voyelle, mollement accentuée qui plus est, me soit apparu ridicule, un nom sans sonorité, un mot qui s'éteignait de lui-même.

La plaisanterie s'est installée et il arrive qu'elle se présente encore, et qu'elle nous fasse encore comiquement marmonner ou mâchouiller, et la moue qu'elle nous oblige à faire augmente l'effet de l'allitération. Elle est extrêmement privée. L'avons-nous jamais prononcée, cette phrase, en présence d'un ami ? Je fais mentalement le compte de ceux suffisamment intimes qui auraient pu l'entendre, je les imagine déconcertés, nous accompagnant d'un sourire poli. Bien sûr, avec le temps, le rire à cette blague n'est plus qu'une expiration soufflée dans un large sourire, mais pour moi, dans l'absolue solitude de ma mémoire, car je suis la seule qui puisse encore avoir cette image en tête, il réveille le rire particulier de Simone, celui qui lui faisait basculer la tête en arrière et découvrir les canines. Son retroussement particulier des lèvres donnait l'impression qu'elle forçait une réserve, qu'elle concédait son rire. Était-ce la plaisanterie qui était trop bête ou trop vulgaire ? Ne pouvait-elle rire que par complaisance, celle qui souffrait tant, continûment ? Jamais nous n'avons prononcé la blague devant elle ! Mais inévitablement, elle la convoque. Simone-Émonet-aime-le-melon, qui s'étire parfois en Simone-Émonet-aime-le-melon-de-Melun, resurgit de loin en loin et le syntagme absurde a le pouvoir d'unifier le temps. Il prouve que la complicité entre Jacques et moi n'aura pas de fin et que Simone éternellement méritera cette inoffensive moquerie. Elle est secrètement un de ces petits cadeaux rigolos de mauvais goût que l'on offre sans occasion particulière, à la fois témoignage d'affection et pique discrète, une de ces petites choses ordinaires que l'on oublie sur une étagère mais qui, lorsqu'on remet par hasard la main dessus, réveille derrière le brouillard des années tout le mélange des sentiments.

Avec le temps, justement, l'allitération connut une surenchère : Jacques inventa « Simone Émonet-Millet, elle aime le melon ». Ce développement se justifiait. En effet, l'usage pratique imposa à ma mère, dans la mesure où tous ses interlocuteurs, y compris des administrations, n'étaient pas forcément au courant de son état de fraîche divorcée ni de son nouvel état civil, d'utiliser parfois le double nom. C'est toutefois dans sa première version que la plaisanterie perdure.

Comment va votre mère ?

Bernard et Martine furent les derniers à prendre possession de leur appartement à La Fabrique. Elle qui avait été l'inventrice du lieu, au sens que le légiste donne à ce mot, s'était réservé l'espace le plus biscornu et, en tant que professionnelle, elle était plus exigeante que quiconque dans le suivi des travaux. Nous étions installés depuis près de deux ans qu'elle habitait encore rue Traversière, occupant un étage où à gauche du palier se trouvait son agence, à droite un minuscule appartement. L'excellente cuisinière qu'elle était, classique avec une touche d'excentricité, semblable à ce qu'elle était dans son métier, aimait organiser des dîners où se serraient les uns contre les autres des gens du monde de l'art, des lettres, du show-business, sa clientèle, et de la médecine – elle venait d'une famille de médecins.

C'était quelques semaines après le 24 mars 1982, nous nous trouvions ainsi autour de la table, dans une atmosphère bruyante, et j'avais à ma droite une agréable amie de Martine que j'avais déjà croisée, la quarantaine, très gaie, de ces femmes qui s'habillent de vêtements flottants et remettent sans cesse en place les mèches de cheveux qui s'échappent de leurs peignes, dont l'embonpoint tempère gracieusement les gestes, et qui marchent comme Jésus marcha sur l'eau. Nous étions prises dans la conversation générale. « Prises » est le mot, parce que dans ce genre d'ambiance, les discuteurs ont l'esprit monopolisé par la préparation d'une réplique et que, crispés dans l'impatience de la lancer, ils oublient de passer le plat et autres réflexes de l'urbanité. Je ne sais ce qui dans les échanges conduisit ma voisine à se tourner brusquement vers moi et à me demander dans la foulée d'un éclat de rire à peine retombé, et avec un soupçon d'intonation mondaine : « Au fait, comment va votre mère ? »

Elle avait gardé le souvenir de notre précédente rencontre au cours de laquelle je l'avais amusée avec le personnage burlesque d'une mère constituant des collections impressionnantes de chaussures, écharpes de laine et carrés de soie, gants et bonnets, colliers et bracelets de toutes les couleurs d'un nuancier Pantone. Simone était coquette et l'une des façons, avant l'invention de la *fast fashion*, pour une femme aux revenus modestes, de jouir de la dernière mode était de déambuler au rez-de-chaussée des grands magasins pour y glaner quantité d'accessoires et de colifichets. À cela s'ajoutait qu'une règle maîtresse du bon goût était d'« assortir », au besoin d'acheter la parure. Aussi, l'achat d'une paire de chaussures d'une certaine couleur pour accompagner une nouvelle tenue commandait de dénicher le foulard, la paire de gants, voire les bracelets en plastique de la couleur coordonnée.

En réponse à ma voisine, je n'ai pas raconté comment le placard à chaussures avait dégorgé un flot de dizaines de paires d'escarpins, bottes, bottines, au cuir plus ou moins égratigné, plus ou moins bosselé par les oignons monstrueux des pieds de Simone, lorsque Jacques et moi avions vidé l'appartement, ni mon ébahissement, je veux dire mon émerveillement, à l'ouverture du tiroir où des carrés de mousseline de soie offraient la plus subtile déclinaison de verts et de bleus et de rouges et d'orangés que j'aie vue, et où bien sûr je n'avais pas pu m'empêcher de piocher.

Non, un nuage de suie a glissé sur la table et ses convives, et s'est élargi, distendu, prenant la forme approximative et inconsistante de la silhouette d'une femme. Une authentique panique m'a saisie, je ne pouvais pas ne pas répondre, ni répondre. Nous étions assises toutes deux sur une banquette, dos au mur. Je me suis appuyée de toutes mes forces sur celui-ci, j'y ai collé ma tête que j'ai fait glisser vers l'amicale convive dans un mouvement de confidence. Étonnée, curieuse, elle s'est penchée à son tour pour recueillir le secret. La langue rétractée au fond du gosier comme un gros morceau de viande qui ne passe pas, je suis parvenue à articuler : « Elle est morte. » C'est à peine si elle parut une seconde décontenancée, elle eut l'air vraiment désolée quand elle répondit : « Ah, vraiment ? » Et puis elle retourna dans la discussion. J'ai vu sa nuque et ses épaules couvertes d'un lainage noir qui s'éloignaient et, à mon tour, je me suis rapprochée de la table. Je ne crois pas que quiconque ait remarqué notre bref aparté. J'avais passé un cap.

Les boîtes en carton

Je n'ai pas conservé grand-chose de ce qui meublait la rue Philippe-de-Metz. La brocanteuse qui nous aida Jacques et moi à débarrasser l'appartement des alluvions de trente années de vie de famille écoulées, et que nous liquidions, insista pour que je garde un service de verres à whisky qui n'avait pas dû servir souvent, sous prétexte qu'« on a toujours besoin de verres... ». Je l'ai donc emporté, avec ce que l'on appelle les « souvenirs » : les lourds albums de photographies faits pour durer des générations, l'un à épaisse couverture de cuir, l'autre fabriqué comme une boîte à bijoux, en bois verni à décor floral, muni d'un imposant fermoir métallique, et des cartons pleins de cartes postales échangées pendant les vacances, celles des enfants avec leur mère et celles avec leur père, parce que nos parents qui nous aimaient nous aimaient chacun de leur côté, chacun à sa façon, et nous échangions séparément avec l'un et avec l'autre. Il y avait aussi les chemises cartonnées dans lesquelles Simone avait rangé des bulletins scolaires des enfants et les dessins que ceux-ci lui avaient offerts pour la fête des mères, le numéro de *Sud-Ouest* du 6 avril 1973, où figurait en une la photo de la Traction Avant broyée dans laquelle cinq jeunes gens, parmi lesquels Philippe, avaient, la veille, aux environs de dix-huit heures, sur la RN10, un peu avant Angoulême, trouvé la mort, ainsi que le procès-verbal de la gendarmerie ; s'y trouvaient aussi tout le dossier du divorce et des papiers militaires de l'ex-mari, oubliés là. J'ai pris quelques livres anciens qui venaient de chez mes grands-parents paternels et dont mon père s'enorgueillissait sans les avoir jamais ouverts, c'étaient ceux dont, enfant, j'avais admiré l'ouvrage parfait des vers qui en avaient foré les pages sans bavure, autant que les dos gravés d'or, et qui, pour cela, me semblaient déjà dignes d'être transmis en héritage, et j'ai gardé quantité de livres de poche que ma mère lisait dans le train et le métro, parce que je ne l'ai jamais vue lire à la maison, et que foncièrement je considérais comme miens parce que je les avais presque tous lus derrière elle. Autrement dit, j'ai emporté du papier. Et j'ai fait tenir documents de famille, correspondance en vrac et photos n'ayant pas quitté leurs pochettes du studio de développement dans deux grandes boîtes en carton laqué de couleur bordeaux, et les boîtes ont été montées au grenier, à La Fabrique.

Ce serait un mensonge que de prétendre les y avoir oubliées. Je me disais bien que c'était bizarre de conserver tout ça, de ne pas avoir trié, jeté – tant de visages dans les albums de photos que plus personne jamais ne reconnaîtrait ! – et en même temps, n'était-ce pas compréhensible de la part de quelqu'un qui avait vu encore jeune mourir son frère et sa mère dans des circonstances dramatiques, son père et sa mère à six mois d'intervalle, et qui n'avait revu le reste de la famille qu'à l'occasion des enterrements ? Lancée sur une ligne droite, où les tâches et les rencontres s'enchaînaient plus vite que mon esprit ne pouvait y réfléchir, je ne prêtais pas attention au fait que je n'étais plus reliée physiquement à un lignage humain que par cette collection de vieux papiers, localisée dans deux boîtes en carton.

Au gré des transbahutements, les boîtes en carton laqué bordeaux s'étaient retrouvées au beau milieu d'un désordre de grenier, ouvertes, parce que les couvercles malmenés avaient été jetés. Il fallait les contourner ou les pousser un peu pour atteindre un sac de voyage jeté par là ou une caisse de livres jamais reclassés. Leur contenu n'était pas de même nature que toutes les autres choses qu'elles côtoyaient sans que leur présence soit pour autant ostentatoire. Elles étaient pleines, et intrigantes et dissuadantes comme une trappe dans le plancher.

Il arriva qu'un jour, ou plutôt un soir, je descendis l'une de ces boîtes. Je me revois avec précision fouillant la boîte, celle-ci posée sur la grande table en marbre au rez-de-chaussée de la maison, c'est-à-dire qu'il avait fallu la porter trois niveaux en dessous du grenier. Pour y trouver quoi ? Le motif pour lequel cette lourde boîte avait été tirée de son réduit est oublié, énigmatique même. Or, dans cette faille dérisoire de la mémoire se situe précisément la congruence de deux ignorances bien plus importantes qu'elle, deux pôles négatifs qui ont peut-être produit l'étincelle qui me fait écrire en ce moment, qui me fait chercher les mots qui, plus que de raccommoder la mémoire, convertissent le temps sans retour de la vie en un panorama fascinant, un espace circulaire où je me tiens en ce moment même, à tout jamais inassouvie, asservie, captive. Un lent carrousel, où l'enfant réclame de faire encore un tour.

La première ignorance est celle dans laquelle j'étais de l'amour qui avait été entre mes parents. Il y avait eu de l'amour entre eux, on ose le croire, au moins du désir, ne serait-ce qu'éphémère, mais rien jamais ne m'avait conduite à le penser. Mes parents heureux ensemble, l'image n'existait pas. Sept cartes postales imprimées en bistre, leur verso couvert d'une écriture régulière, me prirent de court. Elles avaient été envoyées par Simone à sa mère durant des vacances qu'elle passait en Italie en compagnie de Louis. Elle y affirmait s'amuser « beaucoup ». Ils sont au bord de la mer, Louis a promis de lui apprendre à ramer, mais qu'elle ne s'inquiète pas, Louis est prudent. Elle s'émerveille devant les colonnes en onyx de l'église Saint-Jean-de-Latran ; elle en est sûre : dans le monde entier, il n'y a pas une ville plus belle, plus riche que Rome avec ses tableaux de grande valeur. Des photographies accompagnaient les cartes. Ils s'étaient photographiés l'un l'autre, juvéniles, sages, élégants, sous les palmiers magnifiques d'un parc, à une terrasse de restaurant où ils étaient seuls, où ils s'attardent dans cette solitude. Ils ont été méthodiques, ils ont pris l'appareil à tour de rôle, échangé leurs places, au centre de l'image, bien droits, les bras dans le dos. Ils se sont appliqués à apporter la preuve, la preuve du « ça-a-été », se dit – quoi ? quatre-vingt-cinq ans plus tard – leur fille qui a lu Roland Barthes. Dire que j'avais ignoré jusqu'au fait qu'ils avaient voyagé en Italie ! J'y allais moi-même régulièrement, j'en rapportais des impressions, des anecdotes et des petits cadeaux pour ma mère, or jamais celle-ci n'évoqua au cours de nos conversations cette villégiature à côté de Portofino, à Santa Margherita Ligure, ainsi que l'indique au dos des photos l'écriture de mon père qui plus tard ne s'occupera plus jamais de quoi que ce soit des annales familiales. Ça non plus, je ne l'aurais jamais imaginé.

L'autre ignorance est qu'au moment de la découverte j'étais loin d'envisager écrire des livres autobiographiques qui forcément livreraient des bouts de la vie de Louis et des bouts de la vie de Simone. La seule chose que je peux dire, c'est que lorsque j'ai remis les cartes et les photos dans la boîte, après les avoir regardées attentivement, animée de cette curiosité tout à la fois gratuite et impure que procure l'incursion dans une intimité pour le plaisir, sans qu'on y cherche rien de particulier, j'ai senti que mon geste n'était pas anodin. Rien n'était classé dans cette boîte. Du moins, je savais qu'elles étaient là. L'écho de ces lignes naïves de Simone et de ces images de la Riviera italienne à la fin des années 1930 était si romanesque. Désormais, il arriverait que cette réflexion traverse mon esprit : ce couple qui s'était tellement détesté avait fait néanmoins, à l'instar de tant de couples « normaux », son voyage de noces en Italie ; ils avaient leur place dans ce stéréotype. L'idée me plaisait. Je crois même pouvoir dire ceci : une intuition alla se loger au fin fond de ce que je préfère ici appeler mon âme, plutôt que mon esprit – j'en ferai quelque chose.

L'exploration de la boîte descendue du grenier conduisit à une autre découverte. Parmi plusieurs portraits photographiques réalisés en studio par un professionnel, tel que c'était l'usage solennel tous les ans ou tous les deux ans, et auquel mon frère et moi avons dû nous plier tout au long de notre enfance, il y en avait un en particulier, de novembre 1945. À nouveau, Simone se coule dans un cliché, hollywoodien celui-là, le portrait de femme dans les années d'après-guerre, très posé et retouché ; ma mère y ressemble à Vivien Leigh ou à Joan Fontaine. Son visage de trois quarts est basculé en arrière, elle fixe l'objectif avec un soupçon de langueur dans le regard, à moins que ce ne soit de joie retenue d'être à ce point regardée. Les lèvres entrouvertes mouillent les canines, le front haut est surmonté de l'impeccable mèche en rouleau, plus haute encore, qu'on appela le *victory roll*. Elle porte les boucles d'oreilles en or de Tolède que je voyais aussi aux oreilles de sa mère, ma grand-mère, et que je leur enviais. Me penchant à nouveau sur l'image, je remarque ce que mon attention avait d'abord négligé, absorbée que j'avais été dans la contemplation du visage : son épaule et l'attache du sein, et l'ombre du sillon naissant entre les seins, dénudés, arrêtés par la bordure crénelée de la photo. Je n'arrive pas à croire que Simone ait déboutonné son corsage dans le studio.

Fillette, j'épousais sa fierté lorsqu'on lui faisait des compliments et si je laisse remonter les images les plus anciennes, je vois une silhouette mince et moderne, à la taille fine, semblable aux mamans dans les illustrations de la Bibliothèque rose ; jeune fille, je trouvais qu'elle portait des coiffures qui dégageaient trop son front, faisant ressortir son nez dont elle m'avait légué un modèle similaire qui m'encombrait ; bien plus tard, j'ai détesté la figure que lui faisaient des lunettes qu'elle s'était fait faire après la mort de Philippe, en utilisant une monture épaisse qui avait appartenu à celui-ci, elles lui donnaient l'air idiot. Cela dit, dans l'ensemble, j'ai plutôt suivi son exemple, je sais qu'on n'enfile pas n'importe quoi, fût ce pour rester chez soi, parce que l'œil du dieu du comme-il-faut darde continûment sur nos petites personnes, et si je n'assortis pas selon les mêmes règles qu'elle, j'assortis impérativement. Je sais aussi que se projeter dans les images parfaites des vitrines et des magazines de mode relève d'une forme de transcendance, parce que se fondre dans une image, c'est tout simplement, paradoxe du narcissisme, aspirer à se désincarner. Quant à mon propre physique, j'avais été bercée tout le temps de l'enfance par le genre de propos qui circulent dans les réunions familiales, prétextes à exhiber les enfants, et qui complimentent les mères, co-auteurs avec Dieu de la beauté des nouveaux arrivés dans Sa création. Cela avait servi de terreau à mon narcissisme lorsque j'étais parvenue à la puberté, et avait renforcé une certitude forgée je ne sais comment, irréfléchie, d'un progrès de l'humanité vers une toujours plus grande perfection des corps, une logique de l'évolution qui aurait conduit l'homme d'une origine simiesque à l'idéal apollonien. Comme il y avait un progrès des sciences, un progrès social et du confort de vie (et même un progrès en art, comme on croyait alors...), il y avait un progrès de la beauté humaine ; les enfants étaient obligatoirement plus beaux que leurs parents. Ma mère était manifestement mieux que sa mère, je devais par force être mieux qu'elle. De toute façon, je ne m'étais jamais posé la question, ça allait de soi. Tout à coup, devant ce visage et ce buste lisse et nu qui doucement partent à la renverse, je me rendais à l'évidence : ma mère avait été bien plus belle que je ne l'étais. Jamais je n'avais éprouvé de sentiment de rivalité avec elle. Quand j'avais atteint l'âge où il pouvait poindre, elle exposait déjà à mes yeux trop de souffrance, et lorsqu'elle était en paix, j'avais la satisfaction de voir que ma mère était fière de sa « jolie fille ». Elle aimait m'habiller, elle me confectionnait des robes, toujours un peu mal fichues, mais d'après des modèles de bon goût. Aussi, devant la beauté transparente de Simone, je ne me suis sentie ni désenchantée, ni jalouse. J'étais juste tranquillisée, délestée.

Shanghai

En 2011, je me suis mise au travail sur un livre qui trouva tout de suite son titre, *Une enfance de rêve*, et cette fois j'ai installé les deux boîtes en carton dans mon bureau. J'avais soixante-trois ans, à un an près l'âge de Simone au moment de sa mort. J'ai vécu en compagnie de ces boîtes pendant trois ans, puisant en elles une grande partie de la matière de mon récit (et il semble que le gisement ne soit pas épuisé).

Je pourrais dire que je savais enfin pourquoi j'avais « conservé tout ça », mais je ne le dis pas. Me suffisent en effet le hasard des circonstances et des rencontres. Je n'ai pas la nécessité d'une prédétermination qui aurait stagné dans mon inconscient pendant des années, à partir des premiers carottages dans la masse des photographies. Ce puzzle dépareillé, restes de ce qui avait été, malgré les vicissitudes, une vie de famille, n'a été utilisé que parce qu'un jour un ami éditeur m'incita à écrire un livre narrant ma vie sexuelle, entreprise dans laquelle les boîtes en carton ne jouaient aucun rôle, mais l'improbable succès de ce livre entraîna l'obligation morale d'écrire un deuxième livre autobiographique qui prit le titre de *Jour de souffrance* : récit d'un long épisode qui m'avait fait connaître la jalousie. Je poursuis l'enchaînement des faits. Cet épisode m'avait ramenée dans le cabinet d'un psychanalyste, le même qui m'avait écoutée, une vingtaine d'années auparavant, après la mort de mon frère, et cette fois-là, la psychanalyse fit ressurgir un souvenir d'enfance : la vision de ma mère dans l'encadrement de la porte d'entrée de notre appartement, se haussant sur la pointe des pieds pour déposer un baiser gentil sur les lèvres d'un homme. Cet homme était, pour mon frère et moi, Papy. Plus tard, quand ma mère décida de rompre, c'est moi qu'elle chargea d'éconduire celui qui imprima dans ma fraîche conscience féminine la figure mutique de l'homme humilié, dont je dus soutenir la présence lourde dans l'encadrement de la même porte, la vision du pas en arrière qu'il marqua, en même temps qu'il rentrait et détournait la tête. Tout cela fut raconté dans le troisième récit autobiographique, *Une enfance de rêve*. Je n'eus jamais la clef du mystère qui conduisit Simone à cesser cette relation qui durait depuis si longtemps, et avait fait de Papy l'homme à tout faire de la maison quand l'homme de la maison n'y était plus que pour y prendre le repas du soir, embrasser ses enfants, dormir et passer le dimanche au lit, à fumer des Gauloises et lire *Le Chasseur français*. Si de surprendre ce baiser provoqua une blessure, dans l'instant, celle-ci fut à peine sensible, juste une inquiétude, vite engloutie par l'avalanche des sensations qui s'abattent sur l'adolescence.

Le livre sur la jalousie s'achevait sur la remarque du psychanalyste après l'évocation de la scène : d'avoir vu ma mère dans les bras d'un autre homme m'avait « sauvée ». Il n'en dit pas plus. Cette phrase m'apparut si impénétrable que je n'ai pas même cherché à l'élucider ; j'ai écrit qu'il m'avait peut-être suffi d'apprendre que j'avais été sauvée… Peut-être était-ce d'avoir trouvé ma place : à tout jamais je serais celle qui ne voudrait qu'observer et qui n'agirait qu'à la façon d'un infiltré, uniquement pour donner le change.

Depuis l'enfance, je voulais « écrire », mais à l'instar de beaucoup de crédules qui en ont fait leur activité principale, je ne voulais qu'« écrire », le désir existait sans porter sur un objet précis. La circonstance, celle offerte par un éditeur curieux de la sexualité féminine, a désigné l'objet. L'objet a pris de l'ampleur, il a eu des conséquences dont l'une, la troisième donc dans l'ordre d'apparition des récits autobiographiques, a rappelé les boîtes en carton du grenier. J'y ai mis un peu d'ordre, j'ai plus ou moins bien classé une sélection de photographies dans des enveloppes kraft, réuni des lettres et des cartes avec des élastiques. Jacques, chaque fois qu'il passait à proximité, s'amusait de me voir loupe en main, penchée sur des photographies de famille comme Paule l'avait été au-dessus des manuscrits d'Artaud. J'enfonçais mes yeux dans tout ce dont ceux qui avaient pris la pose jadis avaient détourné les leurs, pour répondre à l'injonction du Kodak : le décor, l'événement un instant suspendu, les vêtements, apprêtés ou pas, et je voyais leurs regards, directs ou absents, que le photographe n'avait pas vus, trop captivé lui-même par le paysage, trop pris dans l'euphorie du moment dont il faisait semblant de s'extraire. C'est alors que je me suis aperçue que les cartes postales et les photographies du voyage en Italie ne retraçaient pas un voyage de noces. Comment cela aurait-il pu ? Je n'avais pas pris le temps d'y réfléchir : ils s'étaient mariés au printemps 1939 ! Il y avait en fait deux séries, datées d'août 1937 et de juillet 1938. La première correspondait au séjour à Santa Margherita et aux promenades en mer ; la seconde à un voyage organisé qui passait par Gênes, Pise, Rome, Venise, le lac de Garde et Milan. De ce voyage aussi, il y a des photographies, surtout de groupe. Ils sont une trentaine à qui l'on a demandé de se mettre en rangs serrés, dans la poussière du forum romain ou en plein soleil devant Saint-Marc à Venise. Les hommes, on s'en étonne aujourd'hui, sont en veston et en cravate, coiffés de casquettes anglaises. On distingue facilement Louis grâce à son visage bronzé, à sa tête nue, sa chevelure est noire et luisante ; il a emporté plusieurs cravates dont une à la mode, large, courte, bayadère. Simone est toujours au centre, la plus souriante, espiègle avec son petit canotier blanc basculé sur l'œil, plus mince, plus droite, plus pimpante que les autres femmes. De toutes, c'est elle dont les petits seins pointent le plus joliment sous le chemisier fleuri, les autres pour la plupart s'affaissent, s'oubliant dans la chaleur. Lorsqu'elle est tête nue, on voit ses cheveux crantés séparés par une raie. En 1938, elle a tout juste vingt ans. Louis, sept de plus. Ils ont quelque chose du couple Fitzgerald.

Ils ne se marièrent donc que l'année suivante, civilement, sans cérémonie, le 13 mai, à Paris, dans le populo – aurait dit ma grand-mère – 18e arrondissement, dans le périmètre où s'était déroulée toute la vie de la mariée, où son père avait été concierge rue Boucry, au comptoir parisien des Glaces de Boussois, où elle était toujours logée avec sa mère, engagée comme femme de ménage par les mêmes Glaces de Boussois à la mort du père, où elle avait fait ses débuts de dactylo, où elle avait rencontré Louis qui y était correspondancier, boulot accepté faute de mieux. Le mariage religieux se déroula une semaine plus tard, dans le pittoresque village de Rocamadour, au sud de Tulle et de Brive, où résidait une grande partie de la famille nombreuse du marié, bourgeois issus de confortables paysans. De l'été qui suivit, il n'y a évidemment pas de photos, pas de bon temps à prendre sur les bords de la Méditerranée. Qu'est-ce qui m'avait fait imaginer un voyage de noces ? Venise, sans doute ;

une phrase, surtout, sur l'une des cartes postales de 1937. Entre une remarque sur l'agrément de porter le pantalon et une question sur la santé de sa mère, Simone écrit : « Quant au ménage, il marche très bien. » Avec un retard de plus de cinquante ans sur l'espérance nue avec laquelle je m'adressais à Dieu, priant pour que mon père et ma mère cessent de se disputer, l'amour entre eux m'était enfin révélé. Tant pis si cet amour n'avait existé qu'avant mes prières, il avait été. La toute petite fille apeurée que sa grand-mère avait poussée entre eux pour les séparer, un jour qu'ils en étaient venus aux mains, avait prié de toutes ses forces d'aspirante à la sainteté pour que le miracle se réalise. À l'âge où l'on ignore par quelle opération qui n'est pas celle du Saint-Esprit les enfants sont en principe le fruit de l'amour, il avait été nécessaire à mon tremblement de vie d'être l'ouvrière du retour de cet amour, et quel ouvrage ! Rien moins qu'avoir la force extraordinaire de convaincre Dieu Tout-Puissant !

Je me suis arrêtée sur cette phrase de la carte postale, je l'ai soulignée d'un trait. Elle était simple, balancée, elle était le sceau apposé sur ma foi enfantine. Mais quand je la relis maintenant, je suis bien obligée de me dire que ces mots n'étaient pas tout à fait ceux d'une jeune femme de dix-neuf ans profondément amoureuse. Le style est le même que pour : « Il y a des personnes très sympathiques et je m'amuse beaucoup. » Mais bon, dix ans avant ma naissance, ça avait quand même « marché » entre eux.

Continuant d'explorer les boîtes en carton, je mis la main sur ce que, parodiant un commissaire-priseur, j'appellerais « un lot exceptionnel » d'une quarantaine de photographies dont l'unique sujet était une jeune femme élégante, rayonnante, Simone, ma mère. Délicieuse découverte ! Elle est si ravissante, malicieuse quelquefois, et en même temps tellement vigilante, les yeux droit dans l'objectif, car c'est à son regard qu'il incombe d'intimer l'ordre au destin de se fixer là.

Le dispositif, élémentaire, a été chaque fois le même : elle est au centre, assise ou debout, le plus souvent de trois quarts, toujours dans un jardin public – on reconnaît plusieurs fois les Tuileries –, ou un quai de la Seine, ou ce qui semble être la contre-allée arborée d'une avenue. De sa belle écriture, Simone a daté les photographies au dos. Les premières sont de juin et juillet 1941, mois au cours desquels ces promenades furent apparemment les plus nombreuses : elle porte un tailleur à veste très courte et un grand béret posé sur le côté de la tête, auquel est fixé un ornement de fleur et de feuillage ; assise, elle a laissé la veste pour découvrir un chemisier à manches ballons qui s'arrêtent au coude ; une autre tenue, dont le haut est une blouse sans col à manches longues, s'accompagne d'un tambourin incliné sur le front ; elle aime ce qui donne du mystère au regard, parce qu'elle possède aussi une sorte de canotier à large bord relevé qu'elle porte avec un corsage entièrement plissé sur le devant, aux manches longues et blousantes ; on retrouve le canotier avec une robe à fleurs à col Claudine blanc. En mai 1942, elle arbore un feutre mou, genre Fedora, à calotte exagérément haute, large bord très relevé à l'arrière, avec une veste masculine, au col étroit, dotée de quatre poches à soufflet ; en juin, c'est un tambourin qu'elle a placé à nouveau descendu sur le front, tandis qu'elle a couvert d'un manteau de couleur claire, fermé d'un seul bouton à la taille, la même robe fleurie que l'année précédente. Il n'y a qu'une seule photo datée de 1943, au mois d'avril, prise exceptionnellement dans une rue de banlieue : on retrouve le manteau, cette fois sur une robe sombre, et la tête de Simone au regard vague est auréolée à la façon d'une figure byzantine par le disque d'une capeline posée très en arrière. En août 1944, pour la première fois, elle est modestement en chemisier – blanc à col pointu, ou décolleté en V avec un empiècement et un effet de drapé sur la poitrine –, porté avec une déclinaison de jupes, soit à godets, coupée dans un tissu imprimé, soit unies, l'une droite, l'autre trapèze, la troisième plissée ; la mèche rouleau qui s'enroule très haut avec un mouvement sur le côté gauche de la tête, piquée d'une barrette fleurie, remplace le chapeau. Sauf en septembre, où cette fois Simone se tient devant l'Arc de Triomphe du Carrousel, en tailleur noir à veste longue et cintrée, un mouchoir de dentelle blanche glissé dans la poche poitrine. L'expression est mitigée, le cou raide, sans doute à cause de la coiffe en turban très haut en équilibre sur la tête, le tissu vraisemblablement drapé sur une calotte en carton ou en sparterie comme cela se faisait. Cette photographie est la seule qui n'est pas datée par son modèle, mais par une écriture fine qui a précisé le jour, 30 septembre. Enfin, la dernière démonstration de mode se déroule sur les quais face à Notre-Dame, en mars 1945. L'écharpe claire ne permet pas de distinguer ce qu'elle porte sous un large paletot aux manches bouffantes, la coiffure est ramassée en deux masses au-dessus du front, le reste des cheveux tombant à l'arrière, leurs pointes s'enroulant au ras des épaules ; elle est assise sur le parapet, elle croise haut les jambes. Louis rentrera de la guerre à la fin du mois de mai, après cinq ans de captivité pendant lesquels il aura tenté plusieurs évasions, qu'il aura ratées, si bien qu'il sera à la fin interné dans le camp très dur de Rawa Ruska, là où l'on envoyait les récidivistes.

Je ne fus d'abord préoccupée que par l'œil qui s'était collé au viseur. À qui appartenait-il, qui avait mérité ces frais, ce déploiement de coquetterie ? Pourquoi ce photographe ne s'était-il jamais posté à côté de son modèle ? N'aurait-il pas pu, de temps à autre, confier son appareil à un ami, à un passant complaisant ? Qui me transmettait ces images de ma mère en jeune femme désirable ? Dans quel jeu, dans quels yeux est-ce que je m'immisçais, certes à retardement, mais quand même ? J'ai pensé au jeune homme à tête d'intello, avec ses petites lunettes rondes, le Bernard dont elle avait gardé plusieurs photographies, dont une en tenue militaire, dédicacée « à ma Simonne », orthographe que déjà on n'employait plus guère, peut-être signe d'une relation privilégiée, cela d'une écriture fine qui ressemble à celle qui a daté le portrait devant l'Arc du Carrousel. Ce ne pouvait pas être l'homme qu'elle avait connu avant mon père (ou en même temps que lui, allez savoir...) et qui, selon une confidence faite par ma grand-mère, avait rompu de vilaine manière en téléphonant à Simone alors qu'elle se trouvait sur son lieu de travail. Toujours selon ma grand-mère, c'était cette déception amoureuse qui avait précipité le mariage avec mon père, façon de me signifier que Simone s'était mariée par dépit, ce qui expliquait la suite. Ou bien était-ce lui, le lâcheur lâche, pris de regret, qui avait renoué, lui rendait visite lors de ses permissions et qui emportait au front quelques-unes de ces images lumineuses ? Un autre ? Qui n'aurait pas laissé d'autre trace que ces images dont il était exclu, témoignages d'un instant qu'il aurait été le seul à partager. Je fabule la vie amoureuse de ma mère. Car peut-être n'était-ce que sa fantaisie à elle de s'apprêter avec autant de recherche, une amie aura été commise à fixer ces sortes de répétitions de scènes insouciantes, pour une vie qui attendait...

Comme je travaillais au livre sur l'enfance, j'avais recueilli d'un de mes cousins germains, Jean-Marie, le fils de Paul, frère aîné de mon père, quelques éléments de son savoir sur la famille. Quand j'étais une petite fille, il était déjà un jeune homme qui épousa très tôt une très jolie et distinguée jeune femme brune – qui plaisait à Simone –, et il fut l'un des premiers dans le monde réel, et non pas dans un livre ou sur un écran de cinéma, à exercer sur moi un attrait confus qu'à cet âge on sait instinctivement devoir garder secret. Il avait été proche de mon père et sans jamais en avoir formulé les raisons, je les ai toujours associés comme des caractères qui ne respectaient pas tout à fait les normes de la vie du reste de la famille Millet ; Jean-Marie n'avait pas cherché à faire carrière dans la banque, à l'instar de son père, ni dans l'administration, comme un autre de ses oncles. C'est Louis qui l'avait fait entrer chez Darl'mat, fabricant fameux de rutilantes carrosseries pour cabriolets de rêve. Et il avait la voix de Louis ! Lorsque je lui parlai au téléphone, cinquante ans environ après l'avoir vu pour la dernière fois, ce fut la voix de mon père que j'entendis, au point que l'association de cette voix avec la seule image mentale que j'avais de lui, qui ne pouvait être celle du vieux monsieur qu'il était devenu, mais seulement celle du cousin qu'il avait été affichant sa maturité toute neuve, suscita en moi un malaise, une sensation d'inconvenance. D'autant que Jean-Marie me rapportait cette opinion qu'il avait dû entendre exprimée jadis par ses parents ou d'autres membres de la famille : « Ta mère n'avait pas supporté l'absence de Louis pendant la guerre. » Que voulait-il dire ? Toujours est-il que cette phrase lui avait inspiré la suite, prononcée sur le ton d'une confidence d'homme : « Tu sais, ta mère, quand j'étais jeune, je la trouvais attirante. »

À la sortie d'*Une enfance de rêve*, ce fut Étienne Hatt, spécialiste de la photographie qui avait depuis peu rejoint la rédaction d'*artpress*, qui m'interviewa pour le magazine. À mon grand étonnement, il me demanda d'illustrer les pages avec quelques-uns de ces clichés qui documentaient la mode à Paris pendant l'Occupation, telle que l'interprétait une jeune femme de la classe moyenne, clichés que je décrivais déjà dans ce livre. Il est vrai que la photographie vernaculaire commençait à intéresser professionnels et collectionneurs, j'en avais même vu sur un mur du Metropolitan Museum de New York. Cinq ont donc été publiées dans le numéro 411 d'*artpress* de mai 2014. Voici que Simone apparaissait dans les pages du magazine où les artistes Klaus Rinke et Joseph Beuys, qu'elle avait croisés un an avant sa mort, avaient eux-mêmes figuré à de nombreuses reprises.

Plus récemment, une amie historienne de la mode, Catherine Örmen, me parla d'une exposition intitulée *Paris Moderne 1914-1945*, dont elle organisait la section mode pour un grand musée de Shanghai, la Power Station of Art. Est-ce l'évocation de ce projet qui m'y incita, ou est-ce moi qui instinctivement fis allusion à mon « lot exceptionnel », heureuse de faire valoir l'élégance de ma mère auprès d'une professionnelle ? Toujours est-il qu'elle me demanda de lui envoyer des scans de ces documents et qu'elle réagit aussitôt en proposant de m'en emprunter six pour l'exposition, dont le gros plan « hollywoodien ». Bien sûr, elle souhaitait les originaux. J'eus donc à remplir des fiches de prêt un peu compliquées car pour une part rédigées en chinois, et l'entreprise Chenue, transporteur d'œuvres d'art le plus réputé de France, prit contact avec moi pour « l'enlèvement ». Pas question, dans le cas où je ne serais pas chez moi, de laisser au gardien une enveloppe contenant les photographies, l'enlèvement devrait se faire en présence, je devrais signer des formulaires, Chenue se chargerait de « l'emballage des œuvres ». Tout un cérémonial.

L'exposition ouvrit en juillet 2023. Catherine m'écrivit : « Simone va être vue et elle est bien en vue, avec un petit texte explicatif en dessous que je vais éclairer davantage. » Elle joignait une photographie de l'accrochage, les six images de Simone se trouvaient sur un fond gris foncé qui les mettait en valeur, à côté d'un foulard Hermès présenté comme un tableau. Ma préférée était reproduite dans le catalogue, il s'agissait de celle où Simone est assise en bordure d'une pelouse fleurie, le Pavillon de Flore dans la perspective, et adresse ce regard dont je ne saurai jamais s'il exprime une interrogation sur sa pose – jambes croisées, est-ce que ça va ? –, une attention portée au geste du photographe, une ironique et tendre menace. Et je me pose cette question : l'aventure des photographies de Simone exhumées des boîtes en carton laqué, leur incroyable périple jusqu'en Chine et les milliers d'yeux qui auront glissé sur elles et s'y seront quelquefois attardés, poursuivent-ils l'histoire de celle qui leur livra l'image de ses joues d'enfant, de ses membres ronds, de ses jolis habits, de ses yeux attentifs qui percent le temps, et qui décida bien des années plus tard, un matin qui était pourtant un beau matin lumineux, d'anéantir un corps dont sans doute elle n'avait plus d'image ? Autrement dit, l'aventure de ces photographies appartient-elle au destin de Simone ?

Corps de Simone

Je me suis enfoncée, égarée, dans tous les sens du mot, dans l'examen sans fin de ces images, non pas dans leur béate contemplation, non, dans le repérage et l'identification scrupuleuse d'éléments d'à peine quelques millimètres carrés, tentative inutile de saisir tout ce que je ne pouvais pas, par la force des choses, avoir connu, et tout ce à côté de quoi j'étais passée ensuite. Procédé d'évitement sournois et banal, ultime délai que je m'accordais avant de m'engager plus avant dans un récit que je m'étais promis de faire depuis longtemps, celui du suicide de ma mère, Simone Émonet, Simone Émonet-Millet. À deux reprises, lorsque j'avais entrepris *Une enfance de rêve* et, plus tard, *Commencements*, j'avais sincèrement pensé que je l'aborderais, ce qui était absurde car les périodes envisagées étaient bien antérieures. Bien sûr, on y trouvait des allusions, et tout au long de ces récits se manifestaient les hantises de Simone, motivant ses séjours à l'hôpital, tout ce qu'elle inventait pour se dérober à un mal qui circulait, vent mauvais qui allait de l'espace extérieur où elle se heurtait aux objets, sans trouver les êtres sur lesquels elle aurait pu s'appuyer, à l'espace intérieur de son corps dont il malmenait les organes, avant retour brutal vers l'extérieur. Il faut croire que je devais finalement m'y atteler. Pourquoi ? Je ne le sais pas encore. D'ailleurs, pourquoi « encore » ?

Pendant des semaines, je suis retournée à ces photographies loupe en main, aidée par cette faculté d'attention qui me fait toujours gagner au jeu des sept erreurs, tandis que l'obsessionnelle en moi trouvait de bons prétextes pour reprendre le travail : scruter la forme d'un chapeau de manière à être certaine d'employer le vocabulaire d'un chapelier, m'assurer qu'il s'agissait bien à l'arrière-plan du pavillon de Flore, non de celui de Marsan, parce que vérifier ce qui est insignifiant ou presque accrédite ce qui a certainement plus de sens, mais reste à jamais invérifiable. Encore me suis-je retenue pour faire grâce au lecteur des chaussures, des sacs à main (c'était l'engouement pour le sac en bandoulière) et des boucles d'oreilles ! Or, il s'avéra que de ces accessoires, de ce passage en revue des prouesses de la mode se renouvelant dans un temps de chagrin et de misère étale, se dégagèrent, avec toute la force de leur candide séduction, le visage et le corps de Simone. J'avais déjà parlé de ce corps, il avait été suffisamment observé par la fillette curieuse que j'avais été, puis par l'adolescente inquiète, et je crois que j'avais mis de la tendresse dans mes mots. Cette fois, c'était au sex-appeal que je répondais : au sourire assorti d'un regard en coin, à la lèvre mordue, au sombre et large anneau autour des yeux, à la silhouette mince mais potelée avec le défaut – tant pis – des mollets trop épais, à la pose de starlette empruntée. Comme il se doit, j'adorais les défauts, en particulier cette légère exophtalmie qui d'ailleurs se corrigera. Je me renseignai. Quand elle affecte les deux yeux, l'exophtalmie peut être due à une hyperthyroïdie, or à l'adolescence Simone avait grossi. Peut-être que devenant femme elle avait voulu maigrir, et à l'époque, pour ça, on prescrivait de l'extrait thyroïdien. Je contemplais le corps désirable et le visage adorable qui déclenchent au fond du corps la bouffée qui voudrait forcer toute la surface de la peau pour se fondre dans cette beauté simple et imparfaite appelant le geste sans façon, le gros baiser dans le creux de la gorge, le bras qui enserre solidement les reins. J'étais ni plus ni moins tombée amoureuse de l'image de ma mère et je la regardais comme si je n'en savais pas plus qu'elle n'en savait elle-même, alors, de son destin.

Selon un mécanisme fréquent du désir amoureux, il avait fallu que mes yeux se rangent derrière ceux du photographe inconnu des années de guerre, puis derrière ceux d'un critique de photographie et ceux d'une historienne de la mode au début du siècle suivant, pour que finalement Simone m'apparaisse comme si j'avais les yeux de Louis. Car il arriva ceci : une nouvelle image s'interposa, une image imaginaire du visage de Louis que je voyais observant celui de Simone, avec l'expression d'étonnement tendre qu'ont parfois les hommes lorsqu'ils font l'amour doucement et qu'ils n'ont plus sous les yeux qu'un visage clos, lointain. Louis, ce mari qu'elle avait si mal reçu lorsqu'il était rentré d'Allemagne ; la scène est reconstituée dans *Une enfance de rêve*.

Qu'aurait dit de ce furtif fantasme, sans bien sûr me le dire tout à fait, le docteur Melman, lui qui m'avait annoncé mon sauvetage à l'évocation du visage de ma mère s'approchant de celui de son amant ? C'est maintenant seulement que ce dernier me revient en mémoire. René avait un visage au teint bistre et à la peau fine et lisse, à l'asymétrie prononcée, avec un œil légèrement plus fermé que l'autre comme par une sorte de glissement des traits, à moins que ce ne fût causé par un tic de fumeur de Gitanes maïs. Il avait les cheveux plats, noirs et luisants, partagés par une raie sur le côté. Il n'était pas laid, mais il faisait ordinaire, rien à voir avec le Bernard cravaté, aux cheveux clairs et aux lunettes cerclées, dont une photographie atteste qu'il savait se servir d'une règle trigonométrique et qu'il fumait des pipes liseuses. Au vu de tout ce qu'il réparait dans l'appartement, René, lui, était un manuel, quelque chose comme contremaître. Or, j'ai été consciente assez tôt du fait que ce René avait contribué à définir un type d'homme auquel était sensible ma libido, et je trouvais rigolo que ma mère m'eût transmis son goût en la matière, sans me poser la question de savoir si ce René congédié comme je l'ai dit avait été vraiment de son goût. Les boîtes en carton laqué conservent une seule carte postale envoyée de Carcassonne par

René à « Madame Simone Millet et sa famille » qui se trouvaient en vacances à Quiberon. L'écriture est enfantine et l'orthographe incertaine. Comment Simone s'en arrangeait-elle, elle qui écrivait un français parfait et à qui je pense chaque fois que je dois appliquer certaines règles d'accord compliquées, parce que c'est elle qui me les a expliquées ? Mais René savait se tenir ; en présence des enfants, il ne chercha jamais à sortir de son rôle d'ami serviable de la maison et il n'eut jamais ni un mot ni un geste équivoques, il n'y eut que Simone pour risquer un jour le baiser imprudent. Disons qu'il avait le profil de l'homme fruste et viril et néanmoins honnête homme qui correspond à un type d'idéal sexuel bien repéré.

Visites à l'hôpital

J'ai tenu une fois ma mère dans mes bras. Une autre fois, j'ai seulement failli le faire. Les deux fois, c'était dans un hôpital.

Je fus prévenue que mon père « était parti dans la nuit » par la voix enfantine d'une infirmière qui me parla du « monsieur si gentil que tout le monde aimait bien ». Ses mots suggéraient l'image d'un vieillard qu'il n'avait jamais été à mes yeux, qui s'abandonne ahuri aux bons soins du personnel hospitalier, mais l'image n'eut pas le temps de se fixer. Je suis partie aussitôt pour la Salpêtrière, où ma mère se trouvait à nouveau, cette fois-là dans une chambre commune. Elle était debout quand je suis entrée, dans une attitude d'alerte qui m'a étonnée, comme si j'étais venue lui dire : « Ta valise est prête ? », et elle s'est précipitée contre moi en m'appelant sa « pauvre petite fille ». Je l'ai prise par les épaules, elle a posé sa tête dans mon cou. Je n'avais pas eu à ouvrir la bouche, je n'ai pas su si elle avait été déjà avertie, ou si ma figure lui avait fait deviner. Elle m'a paru sincèrement bouleversée. Elle s'est tournée vers toutes ces femmes qui étaient là nous fixant, assises au bord du lit ou enfoncées dans leurs oreillers, silencieusement avides de savoir, et elle a annoncé sur un ton d'importance : « Mon mari est mort » et toutes ont eu l'air de compatir à ce moment tellement douloureux. Quand même, il n'était plus à proprement parler son mari. Je n'en revenais pas de vivre la scène comme si Simone et Louis avaient formé un couple idéalement uni que la mort brusquement déchirait.

Le chirurgien qui avait opéré mon père était un petit bonhomme vif qui avait regardé le plancher et remué le nez avant de répondre à mes questions. Il n'y était pas allé par quatre chemins : « On a ouvert, on a vu, on a refermé. » Je me souviens parfaitement du geste qui avait accompagné le dernier mot : il avait essuyé l'air du plat de la main, il rabattait le drap pour masquer la vue du chancre, et j'avais eu dans l'instant la vision de boursouflures noirâtres, festonnées de lambeaux rouges, qui étaient les chairs de mon père. Et quand j'y pense, la vision resurgit, à cause de cette obstination de l'imaginaire qui, une fois qu'il a fabriqué une image, s'y tient stupidement, quels que soient les démentis du réel. Il avait aussitôt ajouté : « Mais il ne faut rien lui dire, hein ! Il a un moral d'acier. C'est important ! » J'avais trente-trois ans. Pour la première fois de ma vie, j'eus l'impression que l'on s'adressait à moi comme à une adulte. On me confiait quelque chose de la terrible vérité que l'on cache aux enfants. Je sortis du cabinet, j'allais affronter la mort de mon père que j'aimais, imbue de ma responsabilité. On cache aussi la vérité aux vieillards.

Dans le même temps, j'avais atteint l'âge qui autorisait que ma mère puisse poser son front dans le creux de mon épaule et parce que mon regard passait par-dessus ses cheveux, je pouvais la serrer contre moi avec tendresse tout en regardant au loin dans le vague. Parce que c'est ainsi que font les grandes personnes qui savent prendre sur elles. Elles affichent le visage de qui refoule son chagrin pour consoler les autres, et dans tous les cas, tenir un rôle vous élève à ce rôle.

L'été tirait à sa fin, un été qui avait été gros d'inquiétude – et aussi plein de merveilles. Avec Bernard et Martine, et un autre couple d'amis, Guy Scarpetta et Rachel Laurent, nous avions loué pour les vacances une ferme en Toscane, à San Gimignano. En ce début des années 1980, les milieux d'avant-garde furent pris d'une fièvre historiciste et les chemins de ces néophytes, qui se détournaient de l'iconoclasme moderniste pour contempler des figures de madones dans leurs habits Renaissance, menaient principalement à Rome et à Florence ; plusieurs années de suite, ce furent nos destinations de vacances et celles de beaucoup d'artistes et d'écrivains de notre entourage.

Les bagarres idéologiques et esthétiques n'en étaient pas moins rudes. *Artpress* avait pris parti pour les Nouveaux Philosophes. En février, nous avions publié une interview de Bernard-Henri Lévy, ce qui nous valait l'énervement et les attaques des intellectuels de notre milieu, presque encore tous marxistes, aussi bien que de leurs lecteurs bourgeois, marxistes à la façon dont l'aurait été M. Jourdain, ce qui nous exposait en première ligne dans les dîners en ville. Que de soirées au cours desquelles il fallut défendre *La Barbarie à visage humain*, et pire encore *L'Idéologie française*, contre les attaques de paisibles et satisfaits partisans du Programme commun ! Tandis que sur l'autre front, il fallait critiquer le dogmatisme des avant-gardes historiques tout en continuant de combattre les réactionnaires revanchards qui cherchaient à profiter de la situation pour réhabiliter de vieux rossignols ; j'essayais modestement de m'y employer avec *Baroques 81*. À cela s'ajoutait, pour moi, de savoir que mon père ne guérirait pas de son cancer, tandis que je comprenais de moins en moins l'incube mauvais qui attaquait par tous ses organes le corps de ma mère.

À la façon de jadis, le téléphone, dans la ferme de San Gimignano, était installé dans un coin de la cuisine, peut-être posé sur une tablette, ou fixé au mur, toujours est-il qu'on devait téléphoner debout et que j'occupais beaucoup le poste. Pour appeler mon amie Myriam qui nous avait rejoints à *artpress* et m'aidait en outre dans la préparation de l'exposition. Comme les budgets du musée étaient dérisoires, il fallait se débrouiller pour obtenir les prêts des œuvres à moindres frais et compter sur les bonnes volontés pour la réalisation du catalogue. Et quand je ne discutais pas avec Myriam de la meilleure façon de surmonter ces obstacles, je me préoccupais de mes parents. J'avais téléphoné à Bob Calle, grand collectionneur des Nouveaux Réalistes, grand ami de César qui m'avait emmenée dîner chez lui à plusieurs reprises, bon vivant, blagueur malicieux, et qui se trouvait être directeur de l'Institut Curie. C'était Martine qui m'y avait poussée. Elle était elle-même atteinte d'un cancer. Le juguler serait, on peut dire, sa raison de vivre pendant des années, et elle était soignée à Curie. Son père et son jeune frère étaient morts de cette maladie à quinze jours d'intervalle, ce qui lui avait insufflé une énergie de guerrière ; son port de tête, son visage qui semblait un masque étaient ceux d'une Athéna. Mais que pouvait me dire à distance le docteur Robert Calle qui ne savait rien de Louis ? Sinon m'exposer sa théorie sur le « traitement conservateur » dont il était partisan et à propos duquel je me mépris tellement que je ne retins que ce mot de « conservateur » qui m'avait choquée de sa part à lui, l'amateur d'art contemporain ! Bob avait au téléphone une autre voix que celle que je lui connaissais. J'étais confuse de l'avoir dérangé.

Un autre jour, c'était de ma mère que je prenais des nouvelles quand Martine me prit tout à coup le combiné des mains pour admonester cette dernière qu'elle n'avait jamais rencontrée. Fermement, elle lui disait qu'il y avait des maladies plus graves que la sienne, qu'elle n'avait pas trop à se plaindre, qu'elle devait plutôt essayer de se reprendre ! Je l'écoutais sans oser intervenir, je me trouvais empotée. Moi aussi, il arrivait que je houspille Simone, mais jamais avec cette brusquerie ! Jamais avec conviction non plus. J'usais du ton de l'engueulade pour nous donner l'illusion, à moi plus qu'à elle, que le mal était ordinaire et passager, et pour faire dévier un instant la conversation, accorder un répit à nos esprits qui s'épuisaient à gravir la montagne des tâches qu'elle devait accomplir, des souffrances qu'elle endurait, de sa fatigue récurrente. Je n'ai évidemment pas fait de remarque à Martine, et je me demande ce que j'ai pu raconter à ma mère quand j'ai repris le combiné. Qu'est-ce que les bien vivants peuvent bien faire pour aider les mal vivants et les presque plus vivants ? Je m'étais conduite comme une idiote auprès de mon père. Après l'opération du larynx, il n'émettait plus que des sons déjà venus d'un autre monde et il n'avait plus à sa disposition pour se faire comprendre que le style télégraphique autorisé par l'usage d'un crayon et d'un petit carnet. Je voulus jouer la comédie, faire croire, croire que ça n'était qu'un sale moment à passer, sous-entendu que l'orthophoniste qui venait tous les jours allait lui rendre la voix. D'une façon censée imiter sa propre manière de blaguer, j'ai dit : « Ah ah, tu vas dire moins de bêtises ! » Il a brièvement posé sur moi le regard sans profondeur de celui qui a mieux à faire que de répondre. Ce qui lui rendit une éloquence dont la portée ne m'a jamais quittée.

Au milieu de l'été, bien que ma mère m'annonçât qu'elle allait être à nouveau hospitalisée, je ne craignais pas pour sa vie. Après la brusque immixtion de Martine, je n'avais qu'à lui répéter les mêmes paroles raisonnables que d'habitude qui ne servaient qu'à maintenir un temps de conversation également raisonnable pour un appel téléphonique à distance. Ensuite, mon esprit partait ailleurs.

Je ne pensais ni à mon père enfermé dans la dernière solitude, ni à ma mère qui se débattait avec son corps possédé, ni à l'exposition qui se préparait péniblement, pendant nos excursions quasi quotidiennes, en quête d'un de ces moments de ravissement dans la pénombre d'une église, quand nous verrions sourdre doucement les couleurs usées d'une fresque. Ou quand, après avoir fait tomber moult pièces de monnaie dans le tronc qui commandait la minuterie, nous serions pris de tournis, le cou cassé dans l'effort de déchiffrer au plus haut du chœur. J'avais appris mon métier de critique d'art sur le tas, écrit d'emblée sur la peinture abstraite et sur l'art conceptuel, sans connaître grand-chose de l'histoire de la peinture, je m'étais intéressée à ceux qui remettaient en cause la définition de l'art sans avoir encore regardé beaucoup d'œuvres d'art, encore moins anciennes. Mais l'exercice de la critique, la fréquentation des galeries et des ateliers et la lecture de quelques livres avaient converti un certain don d'observation en scopophilie. C'est amusant à souligner : mieux peut-être qu'un enseignement conventionnel, les œuvres qui brisaient les codes et les artistes qui contestaient les musées avaient inscrit en moi une empreinte, un grand négatif qu'il me fallait remplir. J'ai finalement appris l'histoire de l'art physiquement : si impressionnée par les géants ployés dans la *Déposition* du Pontormo que je ne peux voir le tableau en mémoire que posé au sol, lesté par leur poids ! Ou littéralement nez à nez avec les figures de Masaccio dans la chapelle du Carmine que par hasard je visitai lors d'une restauration, montée sur les échafaudages ; ou encore en m'usant les yeux dans le Cloître vert pour identifier le moindre détail du *Déluge* d'Uccello. Combien de fois n'y sommes-nous pas retournés avec Bernard et Martine, dans le noir de ce Cloître vert ? À quatre, nous nous guidions l'un l'autre le regard à travers l'obscurité. En sortant, nous nous précipitions chez Alinari acheter leurs magnifiques tirages en noir et blanc des détails de la fresque que nous avions repérés et nous passions la soirée à les examiner, à identifier ce que parfois nos yeux n'avaient fait que deviner, et le lendemain nous retournions au Cloître. Au point que je me souviens du jour où nous nous sommes dit : « C'est assez. » Je ne sais ce qui s'était épuisé, de la peinture qui avait, au moins provisoirement, tout livré ou de notre acharnement à en refuser le constat.

J'ai gardé de cette spéléologie au fond des chapelles sonores le besoin du sentiment puissant éprouvé lorsqu'on se trouve au plus près d'une œuvre admirée et réchappée d'une époque lointaine ; tout à coup, elle et nous sommes contemporains, la promiscuité abolit le temps. Et le sentiment est encore plus vif si la peinture est restée là où elle fut peinte. On partage l'espace où s'est tenu l'artiste, on approche son visage de la matière que sa main a posée, on s'interpose dans la trajectoire de son geste. Lorsque la chose est permise, on touche ce qu'il a touché. De tous les arts, seules peinture et sculpture procurent ce plaisir impur dont la quête peut tourner à la hantise : à l'approche d'une œuvre d'art que je n'ai encore jamais vue véritablement, mais beaucoup admirée sur papier, j'éprouve la peur qu'elle ne s'évanouisse parce que trop fabuleuse. Le désir est si fort que je doute que la réalité puisse être à sa hauteur, aussi suis-je prête à mobiliser toutes mes capacités intellectuelles et physiques pour passer outre aux obstacles qui m'empêcheraient de l'atteindre. Je vaincs ma timidité, ce qui n'est pas rien, et je me révèle du dernier pragmatisme.

Pendant ces vacances en Toscane, nous sommes partis un jour avec pour objectif la Vierge gravide de Piero della Francesca à Monterchi. À cette époque, il fallait se rendre au cimetière du village et trouver la minuscule chapelle où elle était encore conservée, dans son intimité. Mais la chapelle était fermée. Une femme occupée à fleurir une tombe nous renseigna : nous devions nous adresser au gardien, il s'appelait Angelo, il habitait chez sa mère, elle nous indiqua la direction. Jacques et Bernard ne se voyaient pas aller cogner aux portes du village. Nous sommes donc parties seules, Martine et moi, pour une joyeuse expédition. Nous avons trouvé la maison maternelle, où Angelo n'était pas, d'où l'on nous envoya au café, où il était, et d'où nous l'avons sorti sous l'œil ironique des autres hommes appuyés au comptoir. Il y eut encore un détour par la maison pour prendre les clefs, enfin nous sommes retournées vers le cimetière, jubilant comme des gamines, riant d'avance de la tête qu'afficheraient Jacques et Bernard en nous voyant revenir en compagnie du jeune et très joli Angelo au visage hâlé, la chevelure bouclée d'un acteur de péplum ou aussi bien d'un film de Pasolini. Timide Angelo, qui attendit le temps qu'il fallait pour que nous accédions à la pleine conscience d'être là, en compagnie de la *Madonna del Parto*. Je me rappelle l'inattendue sensation de dessaisissement qui solda l'échauffement préalable. Cette fois, il n'y avait pas à s'arracher les yeux pour explorer l'image, il faisait clair. Il n'y avait pas de profondeur à pénétrer sous le dais, et les anges qui écartaient les tentures pour donner à voir avaient des yeux qui ne regardaient rien. Il y avait juste à se laisser aller à l'étonnement devant cette Future Mère dédaigneuse, sa main droite presque indécente, sa main gauche posée comme celle d'une matrone, l'air de s'ennuyer comme je suppose s'ennuyaient les phénomènes que l'on exhibait sur les estrades de foire. Mais nous avions atteint notre but et tout le long du chemin de retour, Martine et moi triomphantes, tout excitées encore, scandions le nom d'*HAnngelo ! HAnngelo !*

Des cartes postales envoyées par moi à Simone, je n'en ai retrouvé qu'une seule reproduisant une œuvre d'art, encore s'agissait-il d'une Madone de Filippo Lippi, dorée et couronnée, bien plus conventionnelle que celle de Piero à Monterchi. Au dos de la carte, je m'inquiétais : je n'avais pas réussi à la joindre au téléphone, j'avais appelé la clinique pour avoir des nouvelles, elle n'était donc pas sortie, au moins j'espérais qu'on l'y avait « requinquée ». Pourquoi n'ai-je jamais pensé pouvoir partager avec celle dont mon corps inaccompli avait bombé le ventre un peu de cette plénitude que procurent certaines images ? Pourquoi n'ai-je pas tenté de lui faire aimer ce qui m'apportait à moi tellement de joie, qui m'apaisait aussi. Il n'aurait pas été si difficile de l'emmener au Louvre, par exemple. Si elle avait accepté, je l'aurais mieux distraite de ses souffrances qu'avec mes paroles de réconfort banales et rebattues. Si j'avais eu déjà connaissance des cartes envoyées à sa propre mère, lorsqu'elle avait fait ce voyage organisé avec Louis, dans l'Italie de Mussolini, juste avant la guerre, et dans lesquelles elle témoignait de son admiration juvénile et plébéienne pour les musées de Rome et de Venise, lui aurais-je proposé de m'accompagner dans une visite d'exposition ? Pas sûr.

Certes, j'étais sortie du huis clos de la rue Philippe-de-Metz depuis quinze ans déjà, et je voyageais, je rencontrais du monde, j'avais appris, lu des livres d'art et des ouvrages de psychanalyse, et même, quatre ans durant, deux fois par semaine, j'avais remonté le boulevard Saint-Michel, grimpé la rue Soufflot, pour aller exhumer quelques paroles précieuses, en recueillir quelques autres plus précieuses encore, plus rares, dans le cabinet d'un analyste. Malgré tout cela, je continuais de porter le fardeau familial, c'est-à-dire le sort qui pèse plus lourd sur les classes populaires que sur celles où l'on apprend tôt à ne pas s'en laisser conter, où l'on ne se laisse pas faire par la fatalité. Partie, oui, mais toujours en fuite. Capable de critiquer les conventions esthétiques ou morales de la société, mais pas encore émancipée des schémas qui structuraient depuis toujours la vie d'une famille rompue, résignée aux déboires, aux catastrophes, aux maladies. Toute une malédiction que l'on ne s'explique jamais vraiment parce que l'enchaînement des effets lui tient lieu de cause. Il n'y avait pas à aller chercher pour comprendre la difficulté à vivre de ma mère. C'était un fait qu'il était inutile de questionner, parce que tant de malchances et de malheurs dont on ne faisait pas mystère s'étaient abattus sur elle : elle avait fait un mauvais mariage, elle avait eu une jeunesse sacrifiée par la guerre, et ses mérites auraient dû lui valoir une bien meilleure situation que celle qui était la sienne, surtout, n'avait-elle pas perdu son fils, ce beau garçon qui réussissait si bien ses études ? Pour finir, il y avait ces douleurs qui ne la laissaient pas en repos. Et j'étais restée sa fille, vouée à l'accompagner le long d'un chemin d'expiation dont personne ne doutait qu'il était tracé, comme si c'était une faute d'avoir eu cette vie-là. Au moins, le docteur Van Der Stegen savait ce qu'il y avait à faire et je m'en remettais à lui. Il connaissait l'histoire de la famille, accueilli à la maison comme si elle était la sienne. Quand il penchait son corps immense vers celui de ma petite grand-mère ratatinée, il était Jésus-Christ laissant venir à lui les petits enfants. Quand de sa voix sonore et sur un ton sans affectation il s'adressait à elle : « Alors, grand-mère, qu'est-ce qu'il y a qui ne va pas ? », elle lui aurait livré son âme, et sans doute, en effet, lui livrait-on chacune la nôtre, grand-mère, mère et fille, sous forme de membres ankylosés, de crampes, migraines, fatigues chroniques, kystes aux ovaires pour l'une et gonocoques pour l'autre. Personne ne connut mieux que lui Simone pendant les dernières années de sa vie.

La confiance accordée au docteur Van Der Stegen ne m'empêchait pas de chercher à en savoir un peu plus auprès d'un responsable de service, là où elle était hospitalisée. J'allais à ces rendez-vous, flottante. Je n'avais pas de questions précises à poser parce que je n'attendais pas de révélation sur les causes de cette bile noire dont se nourrissait ma mère, qui par vagues la submergeait et finissait par la jeter sur un lit à barreaux. Je n'allais chercher que l'espoir qu'elle irait un peu mieux pour la voir reprendre les réflexes de la vie chez soi, car après tout, chaque fois, elle les reprenait. C'était mon devoir de me renseigner, pour autant je me contentais des commentaires peu étendus du médecin, que ça arrangeait bien d'avoir affaire à une personne tranquille qui l'écoutait sans s'affoler, sans trop insister. De toute façon, les crises dévastatrices auxquelles j'avais assisté lorsque j'étais enfant s'étaient espacées, faute de spectateurs peut-être, de même que les hantises qui me terrorisaient tellement parce que je croyais qu'elle devenait vraiment folle, comme lorsqu'elle avait étreint de tout son corps le réfrigérateur dont le moteur s'arrêtait par intermittence. Nous avions eu beau tenter de la rassurer en lui répétant que c'était normal, elle en était venue aux larmes. Elle ne cherchait même pas à exprimer une crainte rationnelle qui aurait été que le contenu fût perdu ou qu'il eût fallu en acheter un autre et qu'elle n'avait pas l'argent pour ça, non, la brève suspension du ronronnement paisible, qui supplée le silence dans les maisons quand celui-ci pèse trop, arrêtait le battement de toute vie.

Mais progressivement, le détraquement membre par membre, organe par organe du corps de Simone remplaça le dysfonctionnement des appareils ménagers.

Il arriva, dans je ne sais plus quel hôpital, que je sois reçue, si l'on peut appeler ça recevoir, par une jeune interne qui m'invita à m'asseoir dans ce qui m'apparut être un réfectoire, vide à cette heure-là. Elle n'avait de fait pas grand-chose à me dire, sinon, en me regardant de biais, que je devais être plus attentionnée avec ma mère, plus présente auprès d'elle. Je reçus la leçon sans protester, je n'allais pas lui expliquer la vie de ma mère, ma vie ; là d'où je venais, justement, avait été une bonne école où apprendre la résistance passive. Je me rappelle avoir ensuite forcé une petite colère intérieure contre cette femme maladroite. Je me protégeais de la culpabilité. Sa remarque était un cliché : c'est à la fille adulte de prendre soin de sa mère âgée. Ma réaction intime était tout aussi stéréotypée : le reproche était injuste, j'avais un travail prenant, je faisais ce que je pouvais. Il est plus facile pour tout le monde – le médecin surmené, la fille dépassée – de traverser les difficultés grandes et petites de la vie lorsqu'on s'en tient au minimum de ce qu'il y a à dire.

Un autre rendez-vous précéda de quelques semaines la mort de Simone. Elle n'était plus hospitalisée, mais suivie à domicile par un service social. J'eus affaire, cette fois dans un cabinet, à un homme rond qui parlait bas et avec précaution. Il s'agissait à nouveau d'un jeune médecin qui crut bon de me rassurer, il chuchota presque : « En tout cas, votre mère n'est pas suicidaire. » Je ne lui avais rien demandé, je n'y avais jamais pensé, ne l'avais jamais craint. Mon expression, mon attitude pendant cette conversation l'exprimaient-elles malgré moi ? Personne ne m'avait jamais parlé du risque, jamais l'idée n'était venue à son entourage. Sauf un soir de crise de nerfs, de drame, d'épuisement, très lointain – c'était au temps de mon adolescence –, où nous l'avions vue enfourcher le rebord de la fenêtre de la cuisine, sur fond de nuit noire car au septième étage nous n'avions pas de vis-à-vis. Elle se tenait intensément là, frémissante. Toutefois son visage était tourné vers nous, et mon père, la peur retenue au fond des yeux, lentement, sans un mot, était allé vers elle et lui avait saisi le bras. Par la suite, aucun d'entre nous n'avait jamais évoqué cette scène, nos cerveaux la rangèrent dans le placard où s'entassent et s'écrasent les surgissements insoutenables du réel. Sans doute ne l'avions-nous pas même perçue comme une tentative de suicide, mais comme une crise d'hystérie de plus, comme elle en piquait faute de parvenir à nous faire comprendre ce qui l'accablait et qui nous mettait au défi. Si elle avait basculé, ç'aurait été un accident, sous l'effet d'un mouvement incontrôlé.

J'étais si éloignée de la pensée du suicide que la phrase du médecin du service social, ce jour-là, ne suffit pas à faire remonter le souvenir. Mais j'étais contente d'apprendre que le risque n'existait pas et qu'elle pouvait donc rester chez elle. Peu de temps auparavant, Jacques et moi lui avions rendu visite à Maison-Blanche. Maison-Blanche, sinistre, tentaculaire, labyrinthique, mais dans sa catégorie réputé hôpital psychiatrique, à une vingtaine de kilomètres à l'est de Paris. Nous l'avions trouvée là, paniquée. Elle était debout quand la porte s'était ouverte, dans une pièce qui ressemblait à une cellule d'isolement, en partie carrelée, éclairée par un jour situé très en hauteur, sans rien d'autre qu'un lit. L'homme qui nous avait conduits jusqu'à elle s'était presque excusé : il ne fallait pas en déduire quoi que ce soit. Elle ne m'a rien dit d'autre que : « Sors-moi de là. »

Je ne saurais dire ce que j'ai ressenti ni dans cette pièce vide et pleine de la peur de Simone, ni lorsque je me suis éloignée de ces bâtisses construites au milieu de nulle part, parce qu'il y a des moments où nous n'avons plus de pensée, l'étau des contradictions les annihile toutes. Bien sûr ma mère avait besoin d'être soignée, mais elle n'était pas folle quand même et de toute façon on ne devrait pas traiter les fous comme ça. Elle n'était pas restée à Maison-Blanche. Le docteur Van Der Stegen avait dû revenir sur sa décision.

Une autre fois encore, dans un autre hôpital, je l'avais trouvée alitée dans une chambre aménagée dans des combles, parce que le lit était situé dans une partie mansardée, mal éclairée, tandis que la partie au pied du lit recevait la lumière par une fenêtre d'où l'on dominait les toits ; en arrivant, je n'avais pas pu m'empêcher de m'en approcher pour contempler la vue. Je distinguais à peine celle que j'étais venue voir, tache d'ombre pâle et flottante dans ce renfoncement obscur. Un pied à perfusion était placé près du lit. Jacques m'accompagnait, mais la conversation toutefois n'était pas facile. Auprès de celui qui est malade d'une maladie, le visiteur peut toujours s'enquérir de son confort et des soins qui lui sont apportés, bien que ces derniers ne soient pas toujours bien compris et que l'on fasse vite le tour de l'infirmière gentille ou brutale ou du voisin de chambre qui regarde la télé. Ensuite, le visiteur donne des nouvelles de la vie qui continue dehors, façon d'y faire participer le malade, au risque de lui laisser imaginer que tout se passe très bien sans lui. Mais que peut-il raconter à celui qui est malade de la vie et précisément convaincu de ne plus avoir de place dans toute cette activité au-dehors, à celui qui a goûté jusqu'au dégoût à toutes les ressources de la pharmacopée ? Qui s'est réveillé, l'esprit amputé, d'une cure de sommeil, ou que les électrochocs ont secoué comme une vieille mécanique qui ne répond plus ?

Enfin, Simone a tendu les bras dans un geste exagéré de tragédienne, pour réclamer muettement un baiser, et je me suis approchée, et comme je me penchais, prête à me serrer contre elle, elle a poussé un cri qui m'a rejetée en arrière. « Tu me fais mal ! » Un cri de colère. Je n'avais pas pris garde à l'aiguille piquée dans son bras. J'ai dû m'excuser. Chacune est retombée dans son désarroi.

Pendant longtemps, quand j'étais moi-même fatiguée ou déprimée, cette vision de ma mère, figure mal dessinée dans son désordre de linge, organisme inerte et relégué, relié à un tube en plastique, me revenait en tête et je me disais très clairement que c'était elle qui avait raison contre ceux qui s'évertuaient à essayer de la ramener dans ce qu'ils appelaient une vie normale, alors qu'ils connaissaient bien toutes les difficultés et les peines de cette vie, et qu'il y avait de l'hypocrisie dans l'encouragement que nous lui prodiguions, moi aussi bien que les autres. Je comprenais, informée par les petites bulles de vide qui éclatent quelquefois au creux du plexus solaire, que l'on pouvait renoncer à tenir son corps debout dans le monde parce que la bousculade qui s'y produit perpétuellement ne mérite pas qu'on y prenne part. Je le savais, j'étais en plein dedans, ou plutôt je le savais parce que je me voyais y batailler.

Mais j'avais eu des opportunités, je travaillais dans le monde de l'art, on m'avait confié une tâche, faire un journal, et je m'y consacrais coûte que coûte, sans m'attarder à la remettre en cause, au fond de moi bien contente de l'intendance qui m'attendait chaque jour. Simone n'avait pas eu cette chance. Si bien que n'ayant plus le devoir de se rendre au bureau tous les matins, plus de maison à tenir parce que sa fille et son mari étaient partis, que son fils et sa mère étaient morts – et elle l'avait tenue, cette maison ! Repeignant les murs, déplaçant les meubles, briquant les cuivres… –, elle n'était plus parvenue à tenir son corps. Le corps de ma mère enfoui dans un lit d'hôpital, c'était la vérité entropique de la vie qui s'exposait sous mes yeux et qu'elle assumait si douloureusement. Dans ces mêmes années où nous allions contempler les fraîches et placides vierges de la Renaissance, Jacques s'intéressa aux saintes mystiques, il m'en parlait et j'avais été frappée par l'histoire de sainte Lydwine de Schiedam, celle qui avait abandonné son corps à la pourriture d'un grabat. Elle avait laissé la vermine gagner son corps de jeune fille et l'on raconte qu'elle ne nourrissait plus celui-ci que de l'Eucharistie. Il avait donc manqué à Simone l'amour divin qui avait porté le corps en lambeaux de sainte Lydwine. Elle n'avait même pas eu la possibilité que j'avais eue, moi qui ne croyais pas plus en Dieu qu'elle ne devait y croire, de trouver une autre bonne raison de fréquenter les églises…

Quand nous avons quitté la chambre, Jacques, qui avait assisté en silence à la scène de l'étreinte arrêtée, ratée, fit ce commentaire que j'avais bien de la chance de ne pas être devenue psychotique. En vérité, si je remonte dans ma mémoire, je ne trouve pas d'autres traces d'un geste de ma mère qui m'aurait rejetée. Non, ce fut ce jour-là, comme elle s'enfonçait dans le noir, qu'elle me repoussa. Ma chance était que Jacques m'accordait autant d'attention.

Tu m'entends !

Ligne 8, puis 3 jusqu'à Saint-Lazare, puis huit minutes de train jusqu'à Bois-Colombes, à peine cinq pour descendre la rue des Bourguignons jusqu'à la hauteur de la rue Philippe-de-Metz, le 21 ou le 22 mars, je suis allée la voir chez elle ; c'était plus facile et plus rapide que de se repérer dans le dédale des cités abstraites, muettes et ralentics, aux relents d'éther, que sont les grands centres hospitaliers. Je me sentais rassurée de la savoir dans un cadre qui nous était, pour elle comme pour moi, familier. Là, il fallait bien qu'elle se lève pour préparer ses repas et qu'elle sorte un peu pour aller faire ses courses dans le quartier.

Je n'ai gardé aucun souvenir de ce qui s'est passé le temps que je suis restée dans l'appartement ni de ce que nous nous sommes dit. Seule la dernière scène, sur le palier, forme un bloc bien distinct, dépouillé, avec toujours cette lumière blonde du septième étage que les hautes verrières de la cage d'escalier diffusent sur la pierre sablée des murs et qui adoucit tous les épisodes du théâtre domestique qui s'y sont déroulés, au fur et à mesure qu'ils me reviennent en tête, dans le cours de mes récits : quand toute petite fille je m'y précipitai, effrayée, à la recherche de ma mère qui s'était absentée pour une course brève ; quand quelques années plus tard je la surpris dressée sur la pointe des pieds, déposant à la sauvette un baiser sur les lèvres d'un homme ; quand je vis pour la première fois un autre homme, jeune celui-ci, avec qui je m'enfuirais bientôt ; quand je revins après la fugue, avec au ventre la petite colique voluptueuse de l'appréhension, anticipant la colère de mon père qui fut en effet brutale…

Mais il y avait de la mauvaise humeur dans l'air, l'au-revoir n'était pas affectueux. Je suppose que j'avais dû m'inquiéter de la trouver apathique et si maigre et pâle, et la sermonner comme à mon habitude, et peut-être lui parler du docteur Deschacht, un médecin avec qui Jacques et moi étions devenus amis, qui pourrait la voir, donner son avis. La journée était avancée et elle me désolait et m'agaçait, sa robe de chambre chiffonnée, entrouverte sur une chemise de nuit inhabitée, les cheveux ébouriffés, seuls les traits de son visage avaient de la rigidité et son regard était farouche. Elle m'avait accompagnée jusqu'à l'ascenseur, j'ai peut-être réaffirmé la nécessité de consulter le docteur Deschacht. Au moment où la lourde grille de cet ascenseur ancien se rabattait brutalement entre nous, par-dessus le fracas, elle m'a dit en me regardant bien : « Je vais me tuer. » J'ai vu ses yeux, mais j'étais lasse. J'ai fait comme si j'avais déjà entendu cette phrase, comme si elle n'était qu'une phrase de plus. Il m'est extrêmement difficile d'en être sûre, mais je crois qu'elle était plutôt calme ; elle n'a pas crié. Je ne sais pas si elle continuait de regarder ma tête quand celle-ci a disparu dans la cage d'ascenseur.

Depuis vingt ans environ que s'était produite la séance de califourchon sur le rebord de la fenêtre de la cuisine, il n'y avait pas eu d'autre alerte, en tout cas devant moi, d'autre menace de suicide. J'ai fait le récit à Jacques de ma visite et nous avons pensé qu'il devait appeler sans tarder le docteur Deschacht.

Jean-Marc Deschacht était un jeune psychiatre qui rendait à Jacques l'inestimable service de lui prescrire de temps à autre un arrêt de travail grâce auquel celui-ci disposait de quelques semaines pour travailler sereinement à un livre. Pendant de longues années, la hantise du professeur de français-histoire-géographie, à l'occasion anglais, voire latin – langue que, soit dit en passant, il n'avait jamais lui-même étudiée –, fut de concilier la nécessité de gagner sa vie avec celle d'écrire. Les heures lisses nécessaires à l'écriture devaient être arrachées à un emploi du temps chargé, et préservées de la tension nerveuse requise par les classes quelquefois difficiles qu'on lui confiait, sur la base de son allure de motard en blouson de cuir qui en imposerait aux adolescents turbulents ! Pendant des années, l'homme le moins névrosé que je connaisse s'est ainsi fait passer devant l'administration de l'Éducation nationale pour un grand dépressif.

Deschacht était drôle et alerte, avec un comportement aussi sémillant que certains cas pathologiques dont il nous parlait semblaient cadenassés. Il nous impressionna lorsqu'il eut affaire à celui qui, dans le Paris du début des années 1980, prétendit rivaliser avec Jack l'Éventreur, un étudiant japonais qui fit moins de victimes, mais qui apporta à son unique meurtre un raffinement auquel ne s'était pas hissé le tueur en série londonien. Garçon chétif, avorton amateur de poésie allemande, Issei Sagawa assouvit une ancienne et tenace pulsion sexuelle en dévorant une jeune Néerlandaise qui devait peser une fois et demie son poids. Ce n'était pas seulement l'horreur du crime qui avait ébranlé l'opinion publique évidemment fascinée, c'était aussi la méthode. L'amoureux cannibale avait privilégié les meilleurs morceaux, une lèvre, un sein, la vulve, avait essayé le cru et le cuit, les avait agrémentés de petits pois, disposés dans des assiettes dont son réfrigérateur était plein. Il était cultivé, d'une excellente famille, et avait répondu avec humour aux questions des policiers. Il n'était pas fou, nous avait expliqué Deschacht qui l'avait accompagné lors du transport d'un établissement à un autre, plutôt diagnostiqué comme un très grand pervers.

Sollicité par Jacques, Deschacht m'a appelée aussitôt. Ce n'était pas le ton du copain qui transforme en histoires de fous burlesques ou effarantes ou terrifiantes l'incommensurable surenchère dans la monstruosité que l'humanité peut soutenir, c'était celui du médecin qui ne s'attarde pas aux explications, qui dit sobrement comment il faut agir. Simone devait être prise en charge. Il m'accompagnerait le lendemain à Bois-Colombes, il ferait venir une ambulance.

Le soir, j'ai voulu prévenir Simone qui a réagi violemment. La conversation mal terminée deux jours avant reprenait. Non ! Ça n'était pas la peine de venir, elle ne voulait absolument plus être hospitalisée ! « Je ne veux pas, tu m'entends ! » C'était bien une expression à elle, entendue depuis l'enfance, le veto qui empêchait l'accès à un plaisir qu'elle jugeait déraisonnable. Elle l'employait désormais pour refuser un changement d'habitude qu'on lui proposait, qui aurait pu la sortir de sa routine délétère, c'était l'obstination de celle qui dit qu'elle ne veut pas parce qu'elle ne peut plus. J'ai eu beau essayer de la rassurer, insister sur le fait qu'il s'agissait d'une clinique qui n'avait rien à voir avec les établissements qu'elle avait connus précédemment, c'était elle, cette fois, qui ne voulait rien entendre. J'ai arrêté d'insister, j'ai abrégé la conversation. Je n'entendais pas non plus.

24 mars

La matinée était avancée ; Jacques était au collège. Ce 24 mars, la journée s'annonçait magnifique, j'avais la tête dans une poudre de soleil quand j'avais décroché au vol le téléphone. Je n'ai pas écouté les premiers mots de l'homme qui se présentait, je n'ai entendu que : « Votre mère a eu un grave accident. » Pour que je demande : « Elle a pris des médicaments ? », il a bien fallu qu'il m'ait fait comprendre sans répondre qu'elle était morte. À moins que la menace de cette mort n'eût fini par percer d'elle-même la membrane de ma conscience. Il n'a pas répondu à ma question. Il souhaitait savoir si je pouvais venir rapidement, et aussi si je serais accompagnée. J'ai répondu qu'il me fallait un peu de temps pour m'organiser et ça a paru le contrarier.

La première chose que j'ai faite immédiatement après avoir raccroché a été d'aller me poster devant le miroir, au-dessus du petit lavabo dans les toilettes. J'avais les yeux grand ouverts devant un visage défiguré par une tension des muscles qui creusait les joues et les orbites, une tête d'écorché. À voix basse, j'ai parlé à ce visage hideux, j'articulais avec difficulté à cause de la tension des maxillaires et aussi du tremblement qui agitait tout le corps : « Ma mère est morte. » Je répétais au masque qui me faisait face : « Ma mère est morte. » Ça a duré un moment, le temps que le tremblement qui, quand on y réfléchit, est une sorte de pulvérisation du corps, s'apaise. J'ai eu besoin, pour reprendre pied dans la réalité où ma mère était désormais inatteignable, d'en passer par la contemplation de cette face méconnaissable, monstrueuse, d'accrocher les yeux à ces yeux de folle. Le vertige qui s'empare du vivant devant la disparition brutale – mais toute mort est brutale – d'une personne qu'il aime permet-il d'accompagner le mort encore un peu dans un espace intermédiaire, indéterminé, les eaux d'une sorte de Styx où les cadres de notre monde ne tiennent plus ? Le fond est gluant, les lignes de toutes choses se défont, les corps se disloquent. Je suis retournée au téléphone, dernier élément solide dans cet environnement flasque. Myriam m'a dit qu'elle venait immédiatement me prendre avec sa voiture ; dans les paroles sobrement désolées de Deschacht, j'ai perçu l'étrange placidité avec laquelle tout homme de science, celui qui parmi nous tous dispose au mieux des moyens de contrôler le réel, accepte aussi, tellement bien, que ce réel lui échappe.

Quand Myriam et moi sommes arrivées à Bois-Colombes il devait être aux alentours de midi et sans réfléchir nous sommes montées directement au septième étage, sans nous formuler ce que nous allions y trouver. La police, un médecin ? La porte était fermée, il n'y a pas eu de réponse au coup de sonnette.

Je suis allée frapper à la loge de la concierge. Une jeune femme d'origine nord-africaine a ouvert, on entendait derrière elle des voix d'enfants. Absurdement, je m'attendais à retrouver la bonne femme aux cheveux gris de mon enfance et de façon complètement incongrue je me suis fait la remarque du changement de catégorie sociale des personnes qui exerçaient désormais ce métier. Elle tenait son buste en retrait, le visage méfiant, pressée de refermer la porte, pour me dire que je devais me rendre au commissariat, mais pas tout de suite, il était fermé à l'heure du déjeuner. Elle parlait avec un brin d'impatience. Après la mère, la fille ! Ça devait commencer à bien faire, tous ces ennuis causés par ces gens. Non, elle ne pouvait rien dire de ce qui s'était passé, les policiers le lui avaient fait promettre.

Sur ma demande, c'est Myriam, à son tour, qui est allée à la loge poser la question qui ne pouvait pas attendre, tandis que je restais dans la voiture. Le soleil tombait sur le pare-brise, il faisait très chaud dans l'habitacle. De retour, Myriam a pris le temps de s'asseoir. Elle ne m'a pas regardée, penchée en avant presque à toucher le volant, les mains croisées sur son ventre ainsi qu'elle aurait fait si elle avait ressenti la douleur de ses règles ou des spasmes dans les intestins, elle a fixé le bout de la rue vide à cette heure pour dire tout ce qu'elle avait à dire : « Elle s'est jetée par la fenêtre. » Je suis restée silencieuse, ce n'était pas ce que j'avais supposé. Sans doute aurais-je préféré entendre qu'elle « avait pris des médicaments ». J'ai tenu à retourner dans l'immeuble pour aller dans la cour, le corps avait dû atterrir devant le local à poubelles qui lorsque j'étais enfant me faisait peur, avant de servir plus tard de décor – j'y pense maintenant – à des fantasmes sexuels. Évidemment, il n'y avait rien à voir.

Nous sommes allées attendre la réouverture du commissariat dans un café. Pendant tout ce laps d'une heure environ, la hantise m'habitait que je doive voir le corps. J'avais l'idée naïve, inspirée par des souvenirs de cinéma, qu'on m'emmènerait à la morgue pour « reconnaître le corps ». J'avais vu mon frère dans la chambre funéraire, son crâne et son menton pris dans un bandage qui lui faisait la tête d'un chevalier du Moyen Âge, emmaillotée dans son chaperon, et j'avais déposé un baiser sur son front sans m'attendre à la sensation de porcelaine glacée. Si bien que quand j'étais allée voir mon père, je m'étais contentée de caresser une joue. On continue de communiquer avec un mort qu'on ne voit pas, il reste cette personne dont on dit qu'elle a « disparu », mais on n'échange pas avec un grand objet rigide posé devant soi.

Je n'osais pas imaginer le visage de ma mère. Quelqu'un soulèverait, d'un geste professionnel et sans dire un mot, le drap recouvrant la tête, poserait ses yeux interrogateurs sur mon visage et je serais, moi, obligée de regarder une tête fracassée. Il me faudrait tenir le coup, j'avais terriblement peur de ne pas y parvenir. Je ne pensais à rien d'autre.

Le policier qui m'a reçue était un bel homme au visage franc, présent, séduisant, s'il m'avait prise dans ses bras, je l'aurais aimé. Assis de côté à son bureau, le coude posé, les pieds croisés, il me regardait bien en face et guettait mes réactions au fur et à mesure qu'il m'informait. Il m'a demandé si je savais ce qui s'était passé, je n'ai pas trahi la concierge repoussoir, j'ai répondu par le mutisme d'un visage stupide que je devais afficher de toute façon. Je l'ai laissé dire sans réagir que ma mère s'était défenestrée ; une locataire du rez-de-chaussée avait vu passer le corps devant sa fenêtre et avait donné l'alerte. J'ai vu une grande fenêtre, les doubles rideaux tirés de chaque côté et dans l'encadrement, une grande masse, un habit noir flottant, la silhouette d'un ange noir immense, un ange lourd et gourd comme on en voit figés dans le ciel dans des peintures de la Renaissance, traversant en contrejour le rectangle clair. La vision s'arrête en vol, elle ne montre pas le choc. J'ai pensé au saisissement d'épouvante de la femme qui avait vu.

À l'instar des médecins à l'hôpital, le policier devait être soulagé d'avoir affaire à quelqu'un qui encaissait sans crise de nerfs, sans évanouissement, sans même de pleurs. J'étais comme j'avais toujours été, jamais très expansive au sujet de la maladie de ma mère. Je n'étais pas avare d'histoires drôles pour amuser la galerie, sur son implacable esprit de système lorsqu'elle semait subitement le même motif à fleurs sur les doubles rideaux, les coussins, les abat-jour d'une chambre, son entêtement à briser son corps en posant un nouveau papier peint dans une autre. Mais quand arriva le stade de la chemise de nuit portée de jour, et les coins malpropres dans la cuisine, je n'en parlais pas. Myriam témoigne qu'au pire je ronchonnais d'avoir à passer ma vie dans les hôpitaux et Jacques me rappelle qu'un jour, excédée par un comportement de Simone agressif, ou épuisant, ou par un de ses appels téléphoniques tôt le matin qui me laissaient démunie et culpabilisée, je m'étais tournée vers lui en lançant : « Baise-la donc, cette connasse ! » Ces paroles, une protection inconsciente les a judicieusement ensevelies au fond de ma mémoire. Elles témoignent du fait que j'étais capable de retrouver instinctivement les invectives et le vocabulaire des disputes qui avaient saturé l'espace de l'appartement de la rue Philippe-de-Metz, désormais plongé dans le silence. « Il est allé retrouver sa poufiasse », disait ma mère quand mon père s'absentait un week-end. Ce dernier avait fini par partir définitivement et partageait du temps tranquille, faisait des voyages en compagnie de cette femme qui se révéla être, quand je la rencontrai, une petite dame comme il faut qui habitait Passy, et Simone n'avait plus personne contre qui vitupérer. Les mots orduriers s'étaient transformés en plaintes provoquées par les souffrances physiques et les souffrances physiques finissaient d'étouffer ce qui restait de confusion libidinale au tréfonds d'une femme de soixante ans, toujours mince et coquette.

En fait, il appartenait aux mœurs familiales de réserver les insultes et les manifestations hystériques pour les engueulades. Le drame autorisa une trêve. À la mort de Philippe, Simone a sangloté sans démonstration. Quand, le soir de l'annonce de cette mort, j'ai rejoint mon père et ma mère, je les ai trouvés l'un et l'autre avec, figé sur le visage, le même arc de douleur qui ressemblait presque à une moue enfantine, tandis qu'ils se préparaient à partir très tôt le lendemain matin pour Angoulême où avait eu lieu l'accident. Mon père a pris sa voiture, Daniel, avec qui je vivais alors, et moi avons suivi dans la nôtre. À Ruffec, petite commune à quarante kilomètres avant Angoulême, cinq familles se sont retrouvées dans le local étroit de la gendarmerie, devant les bagages entassés pêle-mêle de trois garçons et de deux filles, qui écoutaient le récit du gendarme encore bouleversé par la vision des corps qu'il avait fallu extraire de la « carrosserie entièrement écrasée », selon le procès-verbal. Il détaillait l'accident : comment la Traction Avant qui doublait un camion-citerne était partie « en crabe », sans doute parce qu'elle était trop chargée, et avait percuté l'avant d'un autre camion qui roulait en sens inverse, et que c'était une terrible malchance parce qu'à cet endroit-là il n'y avait rien sur les bas-côtés et que s'il n'y avait pas eu le camion, que le chauffeur, d'ailleurs, avait eu le temps de stopper, espérant éviter la collision, eh bien, la Traction – le gendarme avait jeté son bras largement ouvert de côté –, elle partait dans les champs, et sa main souple avait désigné le vaste monde. Il racontait, pour répondre à la reddition muette de chaque membre de ces familles dans cette pièce, chacun réprimant au fond de son être, pour qu'il n'en déborde pas, le tumulte de la douleur.

Au retour, nous nous sommes arrêtés pour dormir près de Saint-Aignan, dans le Loir-et-Cher, où mon père avait un ami qui nous accueillit. Daniel m'a fait l'amour. J'écris les choses ainsi parce qu'il me semble que je me suis laissé faire comme un enfant qui s'abandonne au chagrin, à la volupté d'accepter que le chagrin l'envahisse.

Dans les années qui suivirent, dans la litanie qui énumérait tous les maux qu'elle endurait, jamais Simone n'évoquait la perte de ce fils, la mort violente de ce costaud aux épaules de débardeur et à la grande bouche fendue, le seul qui râlait encore à l'arrivée des gendarmes, les autres s'étant tus, et qui survécut jusqu'à l'hôpital. Entre elle et moi, il semblait que le sujet fût tabou. Je ne me souviens pas qu'elle ait jamais dit quelque chose comme : « Ton frère me manque cruellement, je pense à lui sans cesse… » Ni même, comme le disait ma grand-mère : « Il aurait mieux valu que ce soit moi plutôt que lui… » Elle n'en parlait pas, mais elle vivait là où elle n'avait plus devant les yeux que son curieux visage d'Oriental blond aux yeux bleus bridés, car on se demandait bien de quel ancêtre égaré, effacé, il avait pu hériter de ces yeux, de ce nez légèrement épaté et de ces belles pommettes. Dans toutes les pièces, elle avait disposé des photographies de lui à tous les âges, et sa chambre était restée quasi intacte, avec ses livres, ses cahiers et ses piles de 33-tours. Elle devait bien y entrer quelquefois, ne serait-ce que pour essuyer la poussière. Est-ce qu'elle s'y asseyait dans le grand fauteuil à bascule ?

Un peu avant quinze heures, j'étais à la mairie pour déclarer le décès. L'acte précise qu'il était dix heures vingt minutes au moment de la mort. Tout était donc allé très vite entre cette mort et l'appel du policier, puis mon arrivée sur place ; comme on le fait dans d'autres circonstances, j'aurais pu dire : « Nous aurions pu nous croiser ! » L'acte stipule aussi que Simone Louise Émonet était décédée « en son domicile ». Ça, ça n'était pas exact : de mon point de vue, elle était décédée de s'être précipitée hors de son domicile.

Ensuite, je suis allée au magasin des pompes funèbres, à quelques mètres, sur la place. Les employés, dans ces commerces, savent, à la mine des clients, proposer promptement le nécessaire à la cérémonie. Ce fut « cercueil en bois dur "chêne verni" avec six poignées ornées rosace, garniture capitonnée n° 2040 et corbillard de troisième classe... » Je n'avais pas organisé aussi facilement l'enterrement de mon père, six mois plus tôt presque jour pour jour. Après un séjour dans une maison de convalescence à Marseille, il avait été transporté dans une clinique du Mesnil-Saint-Denis, tout près de Dampierre, là où il habitait, un mouroir où il s'empressa de mourir. L'hôtel de ville du Mesnil est un charmant château avec une façade XVIIe très pure, très blanche ce jour-là parce qu'il faisait aussi très beau et très chaud. Assise devant un bureau et non pas debout devant un comptoir, j'eus affaire à une femme distinguée, pleine de compassion, vive, qui se battit une bonne partie de l'après-midi pour tenter de faire admettre dans une école de médecine ou un grand hôpital le corps de Louis que celui-ci avait voulu léguer à la science. Bien avant de tomber malade, mon père m'avait dit et répété qu'il avait fait les démarches pour faire don de son corps à la médecine et il concluait chaque fois : « Comme ça, tu n'auras à t'occuper de rien. » Je trouvais que la décision allait bien avec ce penchant qu'il avait de se prendre quelquefois au sérieux, de crâner, que c'était là sa dernière prétention pour anoblir un corps auquel il avait imposé tout au long de sa vie un régime d'alcool et de tabac ; je serais allée jusqu'à penser : hisser sa modeste personne, fils de bourgeois quelque peu déclassé, à une cause supérieure. Mais il était mort au petit matin d'un jeudi dans une petite ville des Yvelines, et dans l'après-midi il n'était plus temps pour qu'il soit transporté avec toutes les précautions nécessaires dans un lieu où le corps pourrait être conservé jusqu'à trouver preneur. La femme qui avait enregistré le décès s'accrochait au téléphone avec une autorité que je trouvais, pour le coup, parfaitement bourgeoise et que j'admirais, consciente que je n'aurais jamais pu me débrouiller seule : « Écoutez, je vous en prie, ce monsieur avait sa carte de donneur ! On ne peut pas imaginer ne pas respecter la volonté d'un mort ! J'ai sa fille désespérée devant moi… » Malgré son dévouement, il n'y eut rien à faire et le corps de Louis au complet fut inhumé dans le caveau du cimetière d'Asnières – concession acquise à la mort de Philippe –, auprès de celui d'une belle-mère qui l'avait détesté et d'un fils qu'il avait aimé sans être bien sûr qu'il était bien le sien. La cérémonie se déroula dans la plus stricte intimité, parce que sa sœur, Madeleine, et son frère, Paul, ses neveux, sa nièce, dispersés à travers la

France et connaissant sa volonté, n'avaient pas eu le temps de s'organiser pour assister à l'enterrement improvisé. Dans les jours qui suivirent, cette sœur et ce frère m'envoyèrent de quoi m'aider à payer la facture des pompes funèbres. Madeleine m'écrivit : « J'ai vu ta maman aussitôt après mon retour, elle est mieux et la voici de nouveau chez elle. J'espère de tout mon cœur qu'elle va remonter un peu la terrible pente sur laquelle elle glisse depuis quelques mois, et depuis plus longtemps aussi. Elle était restée, malgré tout, très attachée à ton père et sa disparition lui a fait de la peine. »

Une poignée de personnes, mes deux tantes et un oncle cette fois, tantes et oncle du côté de mon père car ma mère n'avait ni frère ni sœur, une voisine et Jacques assistèrent à l'enterrement de Simone. Daniel était là aussi, ainsi que son père et sa mère, son frère avec sa femme ; ces derniers habitaient encore Bois-Colombes et ils étaient les rares à passer la voir de temps à autre, ils lui rendaient des petits services, gardaient les chats quand elle s'absentait, l'invitaient à Noël. J'étais séparée de Daniel depuis plusieurs années, mais ils avaient gardé des liens « familiaux ».

Ce que le corps était devenu depuis le 24 mars dix heures vingt, je ne l'ai pas su, je n'ai pas cherché à le savoir, l'ange lourd et noir est resté suspendu à un mètre cinquante au-dessus du sol. L'employé des pompes funèbres s'est approché de moi pour me demander sur un ton de confidence si je voulais voir le corps avant qu'on ne referme le cercueil. Je lui ai présenté un visage qui devait tellement ressembler à celui que j'avais vu dans la glace, au-dessus du lavabo des toilettes, que je vis l'effarement se refléter dans ses yeux. Il coupa court, enchaîna d'un geste mécanique qui désignait des deux bras le sable de l'allée, les paumes ouvertes, invitant l'assistance à suivre la voiture, et c'est à ce moment-là qu'il demanda à la proche famille de s'avancer en premier et que je fis brusquement l'expérience simple de l'incommensurable solitude du sang. Je les ai vus se serrer à trois ou quatre mètres derrière moi et je les ai trouvés bien respectueux des directives de l'homme cérémonieux dans son costume étriqué. Quoi ? La douleur de la fille d'une suicidée était-elle supposée à ce point immense qu'elle faisait d'elle une intouchable ? Mon statut exclusif de proche famille était-il sacré ? Ou bien la distance n'était-elle qu'un subterfuge machinal pour allonger le maigre cortège ? Pour que cela ressemble à un enterrement, même s'il n'avait pas pu y avoir de messe ? Même si tout le monde allait vite rentrer chez soi, après la dernière pelletée ? Avec une lenteur insupportablement exagérée, ce cortège suivit le corbillard de troisième classe qui conduisit le corps de Simone de la chambre funéraire du cimetière jusqu'au caveau, à cinquante mètres. J'avais repris mes esprits. Je me suis dit : « Eh bien, ma fille, tu es la prochaine sur la liste. » Le gardien du cimetière me l'avait expliqué. Avec quatre corps, le caveau était désormais plein, mais le moment venu, on pouvait tout à fait procéder à une réduction de corps.

Goulphar

Quatre jours après la mort de Simone, le 28 mars, Jacques et moi admirions le rythme des courbes et des hampes du pont du Gard, nous visitions Beaucaire, son hôtel de ville en forme de Villa Farnesina, ses hôtels particuliers du XVIIe, puis le site antique de Saint-Rémy-de-Provence, avant d'aller regarder sans s'approcher la façade de l'hôpital psychiatrique où Van Gogh avait été interné. Enfin nous avons poussé jusqu'aux Baux-de-Provence. Le lendemain, ce fut la chartreuse de Villeneuve-lès-Avignon, l'abbaye de Saint-Michel-de-Frigolet ; le surlendemain, Uzès et les gorges du Gardon, et le jour suivant l'abbatiale de Saint-Gilles, dont le Christ et les saints sur la façade ont perdu la tête, massacrés par les révolutionnaires de 1793. Ainsi de suite pendant huit jours. La dernière visite fut celle de l'étrange abbaye troglodyte de Saint-Roman, avec partout, dans les salles et sur le « toit-terrasse » sans ombre, serrées les unes contre les autres et orientées un peu dans tous les sens, des cavités oblongues, sépultures maintenant à ciel ouvert des moines qui l'habitèrent au Moyen Âge. Les vivants dans les salles creusées dans le calcaire avaient les morts au-dessus de la tête. On les déposait à même le roc rugueux et propre comme un sarcophage, pas dans la terre où grouille la vermine. Parfois, l'une des extrémités est prolongée par une partie plus petite pour accueillir la tête, l'étroitesse de la cavité garde en quelque sorte le souvenir du geste délicat des mains qui déposèrent cette tête. On dirait que les corps ont sculpté le rocher, puis qu'ils se sont volatilisés, y laissant leur empreinte inaltérable.

J'avais hérité de mon père d'un coupé Renault de couleur blanche, une voiture comme nous n'en avions jamais eue et qui nous amusait à cause de son allure un peu sport. Elle nous conduisit dans ce périple. Une amie, Farideh, nous prêtait sa maison de vacances, une maison de village à Castillon-du-Gard où nous étions descendus aussitôt après l'enterrement. Chaque jour, nous nous appliquions à explorer les alentours. Nous n'avons pas manqué une chapelle, pas un vestige, et le soir, pendant que nous dînions, la cervelle saturée d'images, montait une calme marée de paroles. Je ne pensais pas, je parlais. J'aurais du mal aujourd'hui à retrouver la teneur exacte de mon presque monologue. Je parlais comme je respirais. C'étaient des fragments de souvenirs, des pensées sans prolongement qui gagnaient peu à peu sur la stupeur en moi. Je facettais ma souffrance à l'aide de phrases simples. Dans le temps du deuil, parler du mort maintient sa présence, car après tout, on a vu la personne vivante il n'y a pas si longtemps, elle pourrait encore être présente, telle qu'on l'a connue, dans la pièce à côté, et entrer là. Je maintenais la présence de Simone en équilibre dans le mouvement de mes lèvres. Je m'étonnais de parler autant, aussi facilement, les mots ne venaient pas pour assécher les larmes, ils venaient à la place. Je ne cherchais pas d'explications, mais peut-être étaient-elles là, dans le roulis de paroles qui les apportait et les remportait. Jacques écoutait, glissait à son tour quelques mots. Et tard dans la nuit, dans la grande pièce nue où nous dormions sur un matelas posé à même le sol, nous étions encore tous les deux à dissiper calmement le silence.

Le 1er avril, collègues et amis avaient dû s'entendre entre eux pour que le facteur de Castillon m'apporte un paquet de télégrammes qui tous me souhaitaient mon anniversaire.

Tout au long de l'année, nous avons continué à voir du pays. À la fin du mois de juillet, nous avons traversé l'Espagne à moto, jusqu'en Andalousie, où un ami nous avait trouvé à louer une *finca* en contrebas du village d'Uleila del Campo dont il était originaire, près d'Almería. Nous étions arrivés le soir, cuits par le soleil, et la famille des propriétaires nous avait invités à partager son dîner d'amandes trempées dans le lait. Puis on nous avait conduits dans la maison aux lits garnis de matelas de paille. Au réveil, quand nous étions sortis sur le pas de la porte, la lumière blanche nous avait éclaboussés et la chaleur immédiatement terrassés.

La chaleur, nous l'avons bravée pour des excursions sur les routes en lacets, à travers la sierra caillouteuse ; les cylindres et les pots d'échappement nous brûlaient les jambes. Le reste du temps, nous travaillions. Je rédigeais mon premier vrai livre, une monographie sur Yves Klein qui devait être le premier volume d'une collection qu'*artpress* coéditerait avec les éditions Flammarion. L'œuvre de Klein réunissait les deux tendances qui m'avaient mobilisée lorsque j'avais commencé à m'affirmer comme critique d'art, ses monochromes bleus exemplifiaient l'abstraction la plus radicale, et ses actions, telle son exposition du Vide, étaient des prémices de l'art conceptuel. J'étais hardie, ça me plaisait bien de m'attaquer d'emblée à une œuvre qui pouvait être considérée comme l'acmé de l'avant-garde. Or, simultanément, Jacques préparait un essai qui s'intitulerait *La Peinture et le Mal*, où il était question de grandes figures singulières de la peinture qu'il opposait aux logiques iconoclastes des avant-gardistes. Nous en disputions souvent, à l'heure du thé, à moitié sérieux, à moitié joueurs, également intraitables.

Le livre sur Yves Klein se terminait par un long développement à propos de ce que l'on appelle les anthropométries, ce qui ne respectait pas la chronologie de l'œuvre. Les anthropométries, réalisées à partir de 1960, sont des empreintes de corps de femmes qui ont appliqué, quelquefois traîné leur corps nu enduit de peinture bleue sur une toile ou, plus souvent, sur de larges feuilles de papier posées au mur ou au sol. Je parlais à leur sujet de théâtre d'ombres, du corps qui s'absente de son image, je citais l'ami et l'exégète de l'artiste, Pierre Restany, qui préférait appeler ces œuvres des « suaires », j'évoquais les ombres soufflées d'Hiroshima. Je rapprochais le mouvement des jeunes femmes, auxquelles Yves Klein demandait d'être ce qu'il appelait des « pinceaux vivants », d'une phrase prononcée par un autre peintre, Jackson Pollock, qui jetait la couleur sur la toile déroulée au sol et qui avait déclaré : « J'ai besoin de la résistance d'une surface dure. » Mais Yves Klein est aussi célèbre pour une action immortalisée par une photographie qui le montre s'élançant depuis ce qui semble être le toit d'une petite maison, en fait le pilier du portail contigu. La photographie est truquée bien sûr, elle ne montre pas le groupe de gros bras qui tenait la toile tendue destinée à recevoir l'artiste. Celui-ci la publia accompagnée de la légende : « Le peintre de l'espace se jette dans le vide. » Toutefois, sur l'image, son corps dessine un arc ascendant, il ne se jette pas, il prend son envol.

Au milieu des amandiers, sous une vigne vierge qui bordait un grand bassin d'eau courante, j'avais installé une table sur laquelle était posé un exemplaire de l'illustre Hermès Baby, la petite machine à écrire portative en habit vert kaki des grands reporters et des écrivains mythiques ; celle-là appartenait à Jacques et elle avait fait le voyage dans une des sacoches de la moto. J'étais concentrée sur mes livres et mes documents, je pensais à l'histoire de l'art moderne, au personnage si charmeur de Klein et à la légende qui s'était créée autour de lui, après sa mort prématurée vingt ans auparavant, à trente-quatre ans, d'une crise cardiaque. J'écrivais dans ce jardin immobilisé par la chaleur, les seins à l'air, par intermittence j'allais me tremper dans le bassin, et le soir nous allions marcher dans le désert autour, escortés des chiens errants de la région qui avaient reconnu en Jacques un copain qui savait les flatter. Comme ces vacances me reviennent en mémoire, je demande à Jacques s'il ne m'a jamais entendue établir une relation, tandis que je travaillais à ce livre, entre les anthropométries et surtout *Le Saut dans le vide* et le suicide de ma mère quatre mois auparavant. Il me regarde, stupéfait : ah ça non alors ! Nous n'y avons jamais pensé, ni lui ni moi.

L'année 1982 fut tellement active ! Outre les voyages et ces livres en préparation qui nous tenaient tellement à cœur, il y eut aussi, au mois de décembre, au Studio 43, cinéma que tenait Dominique Païni rue du Faubourg-Montmartre, le dixième anniversaire d'*artpress*, avec trois soirées de débats et de projections de films et de vidéos. Nous n'avions encore jamais organisé un tel événement. Ce fut une grande affaire ! J'ai encore en moi l'émotion éprouvée lorsque je vis le premier soir la file de spectateurs qui attendaient à l'entrée du cinéma. Des gens que je connaissais, d'autres que je connaissais de loin et qui m'en imposaient, et des inconnus. Ce soir-là, je pris conscience que le journal n'était pas que la production d'un cercle d'amis liés les uns aux autres par les œuvres d'art et les livres qu'ils aimaient, ni l'un des acteurs d'une scène artistique qui était loin d'avoir l'ampleur qu'elle acquit par la suite, il était une substance diffuse dont les contours impalpables s'étendaient loin hors de notre vue et où moi-même je me perdais, où je n'étais plus. Je n'ai aucun souvenir que l'irruption dans mon esprit d'une image de ma mère, ou l'avivement soudain de la plaie ouverte par sa mort, auraient compromis mon absorbement dans le travail, dans ses phases d'agitation comme dans ses phases de concentration.

Quelques semaines avant cet anniversaire, nous étions à Belle-Île, où je relisais les épreuves du livre sur Yves Klein, tandis que Jacques mettait la dernière main au manuscrit de *La Peinture et le Mal.* Nous nous secondions l'un l'autre dans ces tâches. Nous avions loué une chambre au Manoir de Goulphar. L'hôtel était situé tout au fond de l'anse qui porte ce nom, qui remplit d'air la bouche qui le prononce. La chambre était petite, lambrissée, mais avec un balcon qui donnait sur la mer, ou plutôt sur ce bras de mer qui pénètre profondément une terre de lande en pente douce, si bien que c'est en glissant entre ses bords crénelés que le regard, après un étranglement, atteint la pleine mer. On était aux derniers jours de la saison avant la fermeture de l'hôtel, aussi n'y avait-il que peu de clients. Nous goûtions une tranquillité parfaite, le gros du travail sur les livres était accompli et l'anniversaire à organiser là-bas, à Paris, semblait loin encore. Nous étions lovés dans ce creux où l'eau, l'air et la végétation rase échangent leurs teintes incertaines. Dans cette atmosphère, là, oui, ma mère était présente, ceci j'en suis certaine, mais la douleur vive était passée. Tout au contraire, je pouvais m'endormir sans l'appréhension du drame du lendemain petit matin, je n'avais plus la hantise du coup de fil funeste, je me disais : « Maintenant qu'ils sont tous morts, je n'ai plus à m'inquiéter. » Pendant ces journées, sur ce bout de terre détaché du continent, j'ai commencé à me penser comme une petite planète sortie de l'orbite. Je m'en faisais même une représentation : j'étais lancée dans une nuit sidérale, sans but, sur une trajectoire sans fin. Ai-je jamais plus tard ressenti une paix équivalente, un même sentiment de débordement et d'allègement de toute ma personne, proche de ce que les psychanalystes nomment précisément le « sentiment océanique » ?

L'Enveloppe

Dans le livre sur Yves Klein qui parut au début de l'année 1983, j'avais reproduit par esprit de malice une caricature parue du vivant de l'artiste dans un journal allemand. Elle représente un peintre devant son chevalet et sur le chevalet une toile qu'il a commencé à recouvrir de couleur, noire en l'occurrence (le dessin est en noir et blanc), du bout de son pinceau. En face de lui, une fenêtre est ouverte sur un rectangle uniformément noir, supposé être un ciel de nuit. La caricature est légendée en anglais : « *Y.K. painting the blue night sky* » ; « le peintre de l'espace » ne serait donc qu'un banal peintre naturaliste peignant sagement sur le motif…

Au retour de Castillon, il fallut libérer l'appartement de la rue Philippe-de-Metz. Ce fut fait sans états d'âme, car il y avait trop à faire. On nous avait indiqué des brocanteurs. L'un emporta les meubles, l'autre, la femme qui me conseilla de garder le service de verres à whisky, n'était intéressée que par les petits objets, la vaisselle, les cuivres jadis si bien entretenus. J'ai pris des draps, j'ai jeté les vêtements, je n'ai gardé que les foulards en mousseline de soie, de jolis gants et bien sûr les médailles et les chaînes en or, les bagues, deux colliers et deux paires de boucles d'oreilles en perles de culture, ceux de ma mère et ceux de ma grand-mère – elles possédaient exactement les mêmes –, et aussi une partie de la pacotille dont Simone m'avait transmis le goût en héritage. J'ai trié les livres. Je ne sais plus ni dans quels tiroirs j'ai trouvé, ni dans quoi j'ai emporté les documents et les photographies qui sont allés s'entasser illico dans les boîtes en carton laqué, elles-mêmes soigneusement remisées dans le grenier de La Fabrique. Ce pêle-mêle de reliques intimes et des multiples photocopies des mêmes papiers administratifs dont je n'ai sur le moment rien regardé ni rien jeté, et qu'aujourd'hui je nomme pompeusement « archives », avait valeur de synecdoque. Étaient résumées là des décennies de vie d'une famille déchirée, se trouvait condensée une histoire à la fois commune et criblée des secrets de chacun : le père qui disparaissait périodiquement pour une destination inconnue, l'amant de la mère caché dans le silence des enfants, le caractère ombrageux du fils qui s'évadait, sac au dos, jusqu'à l'autre bout du monde, les rêveries de la fille et ses premières incursions sur des chemins de traverse sexuels, et jusqu'au corps rhumatisant, replié sur lui-même, de la grand-mère, cherchant à faire oublier sa présence en trop. Et désormais, la mort y creusait ses gouffres. Cependant, ces boîtes devinrent mon substitut de famille, de ce genre de famille à laquelle on ne prend pas la peine de rendre visite, mais qui est là, serait-ce au loin, et qui sert d'abscisse et d'ordonnée pour se situer dans l'espace et le temps de l'humanité, bref, elles étaient mon port d'attache inconscient.

Finalement, j'y plongeai les mains et la fouille fit remonter en surface des sourires par dizaines, des liasses de mots affectueux. Ce ne sont pas les disputes que l'on photographie, ce sont les excursions pendant les vacances et les déjeuners donnés pour la première communion des enfants, quand tout le monde se blottit face à l'objectif en souriant de bon cœur. Quant aux cartes postales, est-ce qu'elles ne transportent pas toujours des vœux, des souhaits et des baisers, quels que soient les inquiétudes, les soucis et les maladies évoqués au-dessus ? Je trouvais de ces petits mots dans lesquels la mère s'adressait de façon conventionnelle aux enfants pour leur parler de « papa » et pareillement de leur père leur demandant de ne pas fâcher « maman », qui pouvaient laisser croire que la jeune femme pimpante et réservée et le jeune homme à l'air assuré et avenant, partis sur la Riviera italienne à l'été 1938, avaient fini par se trouver et par former un couple uni de parents modèles. Tous ces portraits gentiment posés devant le Kodak et la modeste rhétorique d'une correspondance de villégiature constituaient en dépit de mes souvenirs de scènes pénibles une trame lâche qui avait attrapé au petit bonheur des joies fugaces et, on peut le dire, de l'amour, fût-il de la poussière d'amour. Cette modeste prise m'encouragea, sans que je m'en rende compte, à ravauder le filet.

On garde des petites choses en souvenir, mais c'est incroyable comment simultanément on s'empresse de se débarrasser de ce que le mort abandonne, de nettoyer, éliminer tout le reste d'où son fantôme resté tapi pourrait surgir. Jacques et moi allions et venions dans l'appartement étroit, nous donnions un coup de main aux brocanteurs, quand nous nous croisions dans le couloir, chargés de cartons, il fallait s'écarter pour ne pas se cogner, les meubles lourds passaient difficilement les portes, ça monopolisait l'attention, à un moment donné, j'ai ouvert celle de la chambre de Philippe, et j'ai vu la fenêtre ouverte.

Je suis restée sur le pas de la porte et à voix basse, parce qu'il n'aurait pas fallu prononcer le nom de ce qui ne pouvait pas être regardé, j'ai demandé à Jacques d'aller la fermer et très bas aussi il a exprimé dans un souffle plus qu'il n'a articulé : « Oui. » Il est allé refermer la fenêtre que Simone avait ouverte.

Quatre fenêtres du trois-pièces donnaient sur la cour, celles de la salle de bains et des toilettes, celle de la cuisine, celle de la chambre de Philippe qui avait été longtemps celle de mon père à partir du moment où ma mère avait décidé de « faire chambre à part », c'est-à-dire de coucher sur un lit pliant dans l'entrée de l'appartement. Puis cette chambre avait été celle de Philippe et moi au temps de notre adolescence, où je recevais mes petits copains, enfin celle de Philippe seul après mon départ. La fenêtre y était plus grande, avec un rebord plus bas que celle de la cuisine où Simone s'était postée, longtemps auparavant, au bord de la nuit. Des questions m'arrivent en tête au moment où j'écris ces lignes, que je ne me suis pas posées pendant que disparaissaient dans la cage d'escalier les derniers objets que Simone avait touchés et que les sacs en plastique qu'on refermait emprisonnaient l'odeur des vêtements qu'elle avait portés. La police n'était-elle pas entrée dans l'appartement quand elle était venue constater le suicide ? Ou bien la consigne avait-elle été de ne toucher à rien ? Au point de laisser la pièce ouverte aux courants d'air pendant des jours ? Toujours est-il que tout était resté en l'état et que Jacques et moi y agissions comme si les lieux n'avaient pas été habités depuis des années.

Plus de quarante ans ont passé et je cherche des réponses auprès de Daphné qui est psychologue et urgentiste. Elle est la première auprès de ceux qui ont vu leurs amis morts autour d'eux dans l'attentat, ou qui n'ont pas pu empêcher leur collègue de se précipiter par la fenêtre du bureau. Elle m'apprend que le suicide par défenestration est rare, elle me demande si je sais comment était habillée ma mère au moment du saut, parce qu'il paraît que cela peut avoir une signification. Et aussi : avait-elle laissé ses chaussures, ses chaussons près de la fenêtre ? Non, je ne sais pas, je ne sais plus. D'ailleurs je n'ai jamais essayé de refaire le film, dans le genre : a-t-elle réfléchi avant de choisir entre côté cour et côté rue ? A-t-elle sauté ou basculé ? Yeux ouverts ou fermés ? A-t-elle eu le temps, a-t-on le temps d'éprouver des sensations pendant la chute ? Quelle partie du corps touche le sol en premier ? Mon imagination n'a jamais voulu voir que le gros ange noir et sans visage en suspens dans l'espace.

Quand j'ai pris l'enveloppe posée à proximité de la fenêtre, c'est à peine si j'ai lu les lignes qui y étaient tracées. C'était l'écriture nerveuse de Simone, avec ses voyelles rondes et les jambages bien formés, mais beaucoup plus irrégulière et plus grosse que d'habitude. Ça semblait avoir été écrit dans l'urgence. Les lignes se bousculaient dans l'espace laissé par la partie transparente car il s'agissait d'une enveloppe à fenêtre, de type enveloppe administrative.

adieu je m'étais
empoisonnée avec
les cachets

et c'est fini
je demande
pardon
de tout ce que je laisse
c'est affreux

Pour signer, Simone avait dû retourner l'enveloppe : *S Emonet Millet*, et dessous, elle s'y était reprise à plusieurs fois, elle avait hésité pour les majuscules, *S E* était répété deux fois, l'un des E était gribouillé.

Elle ne s'adressait à personne en particulier, en tout cas pas à moi, je crois que c'était mieux ainsi, sur le moment je ne l'ai pas remarqué, je n'attendais rien. J'ai dû me dire : « Elle a quand même pris des médicaments », ce qui me permettait d'imaginer qu'elle était peut-être dans un état second quand elle s'était jetée dans le vide ; je lui prêtais ma propre terreur devant le vide, et le fait qu'elle pouvait ne pas avoir été entièrement consciente entamait un peu l'absolu de son acte, en estompait l'horreur ; si je peux le dire : j'y trouvais un soupçon de soulagement. Qu'elle ait été, à l'instant de passer par-dessus l'appui en fer, dans une confusion mentale m'empêchait momentanément de mesurer le poids effroyable de ce qui l'y avait poussée.

Je pouvais me dire que sans « cachets », elle n'aurait peut-être pas osé. J'ignorais que ceux qui veulent mourir combinent parfois les méthodes, qu'ils y mettent la résolution, l'énergie, l'acharnement qui sont ce que la vie réclame et qu'ils ne veulent plus lui donner.

Et puis ces mots, « adieu », « pardon », « c'est fini » étaient des clichés, j'aurais pu les lire dans un roman dont le héros, sous le coup d'une révélation qui brise tous ses espoirs, décide d'en finir avec la vie. Ce n'étaient pas ses mots à elle, c'étaient les mots de tout candidat au suicide, comme on dit. Les derniers mots de Simone, bien que jetés à la hâte sur le premier papier déchiré qui traînait là, s'inscrivaient dans un cadre convenu. Beaucoup de suicidés rédigent une dernière adresse aux vivants, on en connaît de multiples exemples, la plupart du temps ils s'excusent auprès d'eux : de leur abandonner les difficultés, de n'avoir pas su eux-mêmes les surmonter, de leur faire du mal… Ils ont accumulé les fautes, ils en sont conscients, et le suicide en tire l'addition, il est la plus grosse de ces fautes, mais la seule solution, c'est mieux ainsi. Parfois, ils cherchent à consoler le ou les lecteurs de la lettre, il arrive qu'ils les assurent de leur amour. Simone n'exprimait plus d'amour. Par son économie stricte, son message maintenait sa mort dans la catégorie générale de la mort par suicide – quelle statistique pour l'emploi des mots « Adieu », « Pardon » ? Dans les jours qui avaient suivi cette mort, je ne m'étais pas préoccupée de savoir si elle avait « laissé quelque chose », l'anéantissement était total, je n'en avais pas recherché les cendres, mais je pris l'enveloppe avec un sentiment apaisant de normalité, confortée dans l'idée que c'était ainsi qu'agissaient les personnes déterminées à se tuer, Simone avait respecté les règles, et cette pensée empêchait momentanément que je me perde dans l'écheveau des causes et des circonstances que ces mots avaient tranché.

Maintenant, je tiens dans ma main l'enveloppe où ses doigts ont glissé, comme je pique dans le lobe de mon oreille la petite tige en argent de la perle qui traversait le lobe de son oreille à elle. Je ravaude aussi comme ça.

Au 3, rue Philippe-de-Metz, un autre mot m'attendait, celui du docteur Van Der Stegen qui n'avait pas d'autre adresse où me l'envoyer. « Je suis profondément désolé et désemparé comme toi… Courage Catherine… Continue ta vie… Ta maman "mijotait" cette fin. Elle refusait tout dialogue... » Oui, c'était cela, j'avais appelé ma mère au téléphone, nous n'avions pas pu nous entendre, elle s'était dérobée.

Les amis qui m'avaient adressé six mois plus tôt leurs condoléances après la mort de mon père eurent à recommencer l'exercice, avec cette différence que le suicide n'est pas une mort comme les autres. On chercha moins à me consoler qu'à me protéger contre le sentiment de culpabilité, et les lettres étaient brèves, car le suicide enjoint de se taire ; il est inapproprié d'employer les mots qui servent habituellement à recouvrir la béance de la mort. Sollers m'envoya cinq lignes : « Que vous dire ? Rien, bien sûr, la mort est toujours au-delà, étant le réel... » Oui, je comprenais ce qu'il voulait dire. Il m'était déjà arrivé d'affronter le réel en ayant l'impression d'être devant un mur et de m'y heurter, au point que dans un sentiment d'impuissance ou d'incompréhension, il n'y avait plus qu'à s'user le front et les poings pour de bon sur un vrai mur – arrivait-il à Simone, seule dans le petit appartement, de se cogner aux murs ? –, mais le mur en dur n'est que le subterfuge de l'imagination à bout. Le réel en effet est au-delà, lorsque dans le mur s'ouvre la brèche d'une fenêtre et que la fenêtre donne sur ce qui ne s'appréhende pas, où la conscience ne peut que s'anéantir. Là, dans le rectangle de ciel inaccessible, la fausse jeune mariée de l'été 38 avait épousé le réel.

Analyse de texte

Simone demandait pardon pour tout ce qu'elle laissait. Franchement, elle ne laissait pas grand-chose. Je pourrais sans fin chercher à détailler ce « tout », je l'interprète simplement : c'était la vie en bloc qu'elle rejetait, elle ne faisait plus le détail, cette vie fût-elle, sous l'effet d'une érosion lente, réduite à une ou deux factures qu'elle n'avait pas pris la peine de régler, elle si scrupuleuse, et aux trois pièces encombrées du petit appartement devenu trop grand et qu'elle n'avait plus la force de ranger, et que les brocanteurs débarrassèrent en une journée. Le frère de Daniel, Jacques, et sa femme Patricia voulurent bien adopter le matou et la chatte blanche. Simone laissait moins que Louis dont j'héritais d'un fonds de commerce d'auto-école, affaire administrativement mal ficelée et dont j'eus à me dépatouiller pendant des mois, sans rien en tirer, à cause du gérant un peu fou auquel il l'avait confiée. Mais le maigre « tout » de Simone et le pas-de-porte d'une auto-école installée dans une ancienne porte cochère étaient suffisants pour que je doive faire établir des actes de notoriété attestant de mes droits de filiation, si bien que je me retrouvais un matin en terre étrangère, dans un cabinet notarial rue des Pyramides, où je fus reçue par une jeune clerc chic et sympathique à qui j'apportais l'acte de décès de mon père et celui de ma mère, et les témoignages de Jacques et de Myriam attestant que j'étais bien la fille de mes parents. Quand je précisai que ma mère s'était suicidée, elle leva la tête de ses papiers et compatit. Avais-je des frères et sœurs ? J'avais un frère qui était mort. Elle leva la tête une seconde fois et me dit avec émotion : « Vous avez beaucoup souffert. » Je me suis trouvée un peu bête d'opiner, en silence du moins, et je me suis vue en face d'elle – c'était une grande femme, je suis petite –, tassée sur mon siège, j'ai presque mesuré l'espace entre celui-ci et son bureau, j'étais sortie de mon hébétude, elle m'avait désignée, j'étais cette femme trop jeune pour avoir déjà perdu toute sa famille. J'étais surprise : est-ce que Sans famille ne s'était pas déjà trouvée depuis longtemps des communautés de remplacement, le milieu de l'art, les amis, le journal ? Est-ce que je ne m'étais pas dépêchée de fuir la famille bien avant de la perdre ?

Quelle autre épreuve, forcément moins grave, étais-je en train d'affronter pour qu'un soir que je ne saurais pas dater, mais il me semble que du temps avait passé, alors que Jacques et moi étions allongés côte à côte, près de nous endormir, cherchant la clef pour me sortir de l'anxiété, j'aie prononcé cette phrase : « La mort de ma mère m'a cassée » ? En réponse, j'eus droit à un savon ! « Mais qu'est-ce qu'il te prend d'utiliser un tel lieu commun ? », s'était emporté Jacques. Ça ne voulait rien dire. J'avais une vie normale, je travaillais, ça marchait plutôt bien, je n'étais pas « cassée ». Il me secouait pour me remettre d'aplomb, alors que j'aurais tellement aimé être dans l'instant un nouveau-né que l'on transporte tout emmailloté. Fausse colère, pleine de sollicitude, teintée de cette crainte que, dans le fond, il a de me voir aller vraiment mal. Soyons honnêtes : est-ce que je n'avais pas moi aussi secoué ma mère dans l'espoir de l'arracher à ses ruminations ? Hélas, sur elle, même les décharges électriques envoyées tout droit dans le cerveau ne l'avaient pas remontée. Bien sûr, Jacques avait raison, il y avait des situations pires que la mienne, et il n'y avait rien de bon à se complaire dans un vocabulaire de mauvais roman. Mais Freud aussi a raison, les mots n'échouent pas par hasard dans notre bouche, sans compter que les expressions toutes faites ont le mérite depuis des générations et des générations d'aider à partager avec les autres ce que l'on n'arrive pas à dire.

Eh bien j'avais été la petite fille qui voulait recoller les morceaux. Oh ! je n'avais pas manqué d'amour, mais j'aurais voulu que cet amour ne coule que d'une unique source ; à force, c'était douloureux, cet écartèlement auquel j'étais contrainte par la désagrégation du lien entre mes parents et qui, à la fin, s'était actualisé dans le va-et-vient d'un hôpital à l'autre. Pendant mes visites, jamais mon père ne me demanda des nouvelles de ma mère, ni ma mère de mon père. Peut-être que si mes prières d'enfant s'étaient réalisées, le monde autour de moi m'aurait paru plus sûr, peut-être ne serais-je pas allée me ranger dans la catégorie de ceux qui charrient toute leur vie la nostalgie du berceau, du cocon, de la niche, qui s'en bricolent en remplacement dans les rêves ou dans des alcôves. Maintenant, il n'y avait plus rien à réparer. L'adulte que j'étais devenue le savait bien depuis longtemps et avait cessé sans y penser de prier Dieu, mais parce que les plaques tectoniques de notre conscience ne bougent pas toutes en même temps, il avait fallu ces morts pour que je me rende compte que ce n'était pas seulement la foi en Dieu qui m'avait quittée, mais la confiance entière avec laquelle on adhère à la vie lorsqu'on s'y embarque. Il avait fallu la mort si difficile à dire de Simone.

Dire que mon père était mort d'un cancer de la gorge, que mon frère avait été tué dans un accident de voiture, c'était donner une explication de leur mort, tandis que dire que ma mère s'était suicidée, ça n'était même pas dire qu'elle était morte. On ne dit pas d'une personne qu'elle est morte de s'être suicidée et on n'en finirait pas d'essayer de dire de quoi elle est morte en effet, parce que sa mort ne conclut pas une vie, elle ouvre sur une interminable suite d'interrogations. Jacques avait raison, je n'étais pas cassée, mais le suicide de ma mère avait ouvert une brèche par où de temps à autre passe un mauvais courant d'air, qui déblaie, fait le vide, gonfle la petite bulle qui va et vient dans le plexus solaire et qui devient grosse, un souffle du Diable, diraient certains.

Le Regard caméra

Quand j'étais amenée à évoquer la voie empruntée par Simone pour se volatiliser, j'avais pris l'habitude de dire : « J'ai une mère qui s'est suicidée. » J'avais l'impression que c'était une façon distanciée de préciser les circonstances de sa mort, de laisser entendre que le drame était digéré, presque comme si j'avais dit : « J'ai une mère qui a encore fait des siennes ! » Cela dans le but de ne pas susciter l'embarras de mon interlocuteur, ou de pouvoir, moi, dissiper rapidement cet embarras en dressant la barrière du temps (« C'était il y a longtemps ») ou en balayant tout commentaire d'un mot passe-partout (« C'était une grande dépressive »), ensuite, on passait à autre chose. Cela, jusqu'à ce qu'une amie psychanalyste me dise : « Catherine, est-ce que vous entendez ce que vous dites ? » J'entends. Ma mère s'est suicidée il y a longtemps, mais elle est là – après tout, je n'ai jamais vu son cadavre –, elle est là, avec son suicide.

Elle est là sur les photographies qui jonchent mon bureau et je ne l'ai jamais regardée de son vivant comme je la regarde sur celles-ci. Définitivement, depuis la révolution Kodak, la sensibilité technique surimpressionne la mémoire et y fait son travail de termite. Le flou de la mémoire offrait un accueil confortable à l'imagination et à l'indécision des sentiments, les fragiles souvenirs se cognent à la précision du tirage photographique.

Lorsque j'étais enfant, je possédais une sorte de jeu de cartes dont chacune représentait un fragment de paysage. Les cartes mises côte à côte, une habile ligne d'horizon quelquefois cachée reliait chaque fragment et, oh merveille ! on voyait se déployer un seul et vaste paysage. On battait les cartes, on les juxtaposait à nouveau au hasard, et un nouveau panorama se formait et ainsi de suite à l'infini un petit monde enchanteur se recréait. Des portraits de ma mère à tous les âges sont là, étalés sous mes yeux, et maintenant mes yeux suivent un fil subtil qui me fait passer de l'un à l'autre, je rencontre son regard, le même quand elle a six ou sept ans, quinze ans, vingt ans ; son regard d'amante, je le suppose, à vingt-quatre ans, et celui de jeune mère à trente-huit ans, quand elle enveloppe de ses bras ses enfants avec le geste d'une Vierge de la Miséricorde ; plus tard, celui de l'employée modèle qu'on récompense et qu'on applaudit à l'occasion d'un vin d'honneur organisé par l'entreprise. Jamais Simone ne sourit, ou si peu que l'ombre au coin de la bouche creuse à peine la joue pour consentir, semble-t-il, à la demande du photographe qui désespère d'un modèle aussi peu complice. Et de même que dans le paysage de carton se modulaient en arrière-plan le faîte des arbres, le sommet des collines et des montagnes et le creux des vallées, je lis sous les paupières de Simone les inflexions d'une expression qui ne passe que de l'ennui à l'indifférence, qui n'abandonne le retrait en soi timide ou farouche que pour la rêverie. Quel contraste si l'on compare ces images aux séances de pose charmantes et inspirantes des beaux jours d'été du temps de l'Occupation !

Le sourire de la fillette est à peine esquissé lorsqu'elle se tient en robe blanche entre son père et sa mère, sur le pas de la porte de la loge. Un extraordinaire, énorme ruban blanc noué dans ses cheveux flotte au-dessus de sa tête, donnant l'illusion qu'une main surnaturelle s'approche pour la bénir. Une ineffable pensée traverse ses yeux… On lui a demandé de poser un pied sur sa trottinette, ou bien on l'a assise pour rire au volant d'une De Dion Bouton garée devant la porte, ou encore elle est en compagnie d'une jeune fille qui la serre affectueusement contre elle : elle s'est laissé faire, son expression ne change pas. Elle a dix ans, elle a grandi, grossi, elle est dans un jardin public, mal assise, raide sur la chaise en fer, on lui a coupé ses anglaises, le sourire pâle s'est effacé, les yeux cernés sont tournés hors champ. Elle attend que ça se passe. Depuis deux ans, son père est mort.

Très jeune, Simone était déjà affligée de larges cernes semblables à ceux de sa mère. Jeanne avait des yeux bleus, dont la clarté perçait de profondes et sombres orbites, à croire qu'elle était passée entre les mains du maquilleur de Pola Negri, elle qui n'usa jamais, et modestement encore, que de la poudre de riz Bourjois. Elle non plus, on ne la voit jamais sourire. C'est pire encore que sa fille. Je découvre qu'elle n'aura jamais offert au destinataire incertain de l'image gravée que des yeux prisonniers du triangle fixe de la tristesse, des lèvres inertes, un cou plié, des bras rangés derrière le dos. Elle a la quarantaine, ses traits reflètent par anticipation la sourde torture qui sera celle de ma très vieille grand-mère au dos voûté et aux quatre membres gourds, mais dont le visage paradoxalement se sera défripé. J'ai eu une grand-mère affectueuse et dévouée, qui payait sans compter son gîte et son couvert comme suppléante de la mère qui travaille. Bien sûr, elle prenait part aux conflits du foyer, elle en était même un des objets, si bien que pour naïvement s'en dédouaner elle ne manquait jamais de dire, quand on découpait le poulet du dimanche : « Ne vous occupez pas de moi, je prendrai la carcasse », et mon cœur, tout aussi naïvement, se serrait devant ce sacrifice rituel. Je n'ai jamais entendu d'allusion au fait qu'elle aurait eu à se plaindre du comportement d'un mari mort à quarante-sept ans et dont le souvenir s'était enfoncé dans le temps, car ni elle ni sa fille n'en parlaient beaucoup. Elle riait de bon cœur en nous racontant une fois de plus les blagues que son frère lui faisait lorsqu'ils étaient enfants, frère lui aussi mort prématurément, et quand elle n'eut plus comme distraction que le spectacle en continu de la télévision et le récit que chacun lui faisait des péripéties de sa vie loin de la maison, rien ne la mettait plus en joie, sans qu'elle eût besoin d'en connaître la cause, que les éclats de rire soudains de son petit-fils.

Or, du temps de la rue Boucry, quand d'une année à l'autre toute la famille, frères et sœurs, cousins, cousines, se retrouve sur les quatre marches à l'entrée du logement, et que de larges sourires s'affichent, que son mari, bel homme, certes amaigri, mais se tenant bien droit, bien mis, portant de longues moustaches à l'anglaise, est encore là attentif à ses côtés, et que sa petite fille est tranquille et sage, elle, Jeanne, a la figure de l'intruse. On ne peut pas ne pas être frappé par son apparition incongrue au milieu du groupe insouciant, avertissement, placé là par une souterraine puissance morale, de la tragédie humaine. Invisible aux autres, elle semble la messagère funeste, innocente, ignorante, du destin.

Une seule fois, son regard est ouvert. On est en octobre 1918, passage obligé chez le photographe : « Simonne, lit-on au dos de l'image, à deux mois et demi. » Jeanne est déjà une femme de trente-six ans, son mari en a trois de plus. « Une enfant de vieux », disait parfois d'elle-même, avec une moue, Simone. Sa mère, assise sur le bord de la chaise, tient le bébé devant elle comme un paquet, à la façon d'un artisan qui présenterait un échantillon de son travail ; elle ne regarde pas l'objectif, mais, au-dessus de l'appareil, la tête du photographe sans doute, et ses yeux levés interrogent : « Est-ce comme ça que je dois faire ? » Elle vient de mettre au monde une petite fille, mais elle a le regard un peu perdu de ces êtres comme il n'y en a plus beaucoup aujourd'hui dans notre société, qui n'ont pas été préparés et qui ne savent pas très bien comment il faut faire pour se débrouiller dans le monde.

À l'école, Simone recueille les médailles, il ne fait pas de doute qu'elle aurait aimé faire des études, pas de doute non plus qu'un emploi de dactylo dans l'entreprise où son père avait travaillé, où l'on s'était montré bienveillant avec sa mère lorsqu'elle s'était trouvée veuve, fût considéré comme une opportunité à ne pas laisser passer au milieu des années trente. Une photographie prise en 1933, vraisemblablement par un de ces photographes de rue qui surgissaient tout à coup, avançaient la main pour vous faire ralentir le pas, appuyaient sur le déclencheur et vous glissaient un ticket en échange duquel, et de quelques francs, on pouvait retirer le lendemain une vision de soi qu'on ne soupçonnait pas, constitue l'image la plus désarmante que je possède de Simone. Le professionnel l'a surprise en compagnie d'une amie à une sortie de bureau. Elle a quinze ans ; en 1933, les filles de cet âge travaillent et elles s'habillent comme des dames. Elle porte une souple redingote à pèlerine sur laquelle elle a jeté un renard. Sa main droite a saisi la main droite de sa compagne, elle semble la tenir serrée, la retenir. Toutefois, tandis que l'amie se tourne vers Simone et la considère avec tendresse et je ne sais quelle expectative dans les yeux, Simone, elle, regarde droit dans l'objectif. Ce n'est plus l'expression morose de la petite fille, elle a vu le photographe, elle lui répond. Cette fois, elle a le regard caméra.

Le regard caméra transperce l'écran ou le papier argentique pour s'adresser sans médiation, on veut le croire, au regard du spectateur. Je retrouve celui de Simone qui attrape le mien à travers la surface de photographies bien plus tardives, prises dans un cadre professionnel, quand elle a aux alentours de la cinquantaine, qu'elle est devenue cette secrétaire à qui l'on confie des tâches délicates, ce genre de personne sur laquelle on peut se reposer. Elle tient le rôle à une sortie de restaurant où elle se trouve seule femme, jolie femme, tout en noir très chic, au beau milieu d'une assemblée d'hommes en costume sombre et cravate sur chemise blanche ; le cliché est austère et cocasse à cause de l'alignement des encolures triangulaires qui dessine une impeccable frise géométrique. Réunion annuelle des cadres d'une grosse entreprise ? Sortie d'un déjeuner de fin de séminaire ? Ils ont tous l'air satisfait, ils immortalisent un bon moment de discussions sérieuses qui passent mieux quand on est à table ; Simone a le même sourire de circonstance que lorsqu'elle était enfant et son regard est celui de ses quinze ans, il soutient l'œil de l'objectif, avec cette différence que les années y ont déposé une très perceptible lassitude. Je devine le comportement respectueux et galant de ces messieurs. J'imagine le commentaire aujourd'hui d'une historienne spécialisée dans le travail des femmes au vingtième siècle !

Simone était « secrétaire ». Je n'ai jamais cherché à en savoir plus, jamais manifesté beaucoup de curiosité pour les activités des différentes entreprises où elle travailla – elle en changea souvent –, peut-être parce que la fonction telle que la décrit la mythologie populaire, fantasmes sexuels mis à part, et la banalité des tâches, telles que je les supposais paresseusement, rendaient cette préoccupation inutile. Mais elle avait acquis le titre de « secrétaire de direction », ce qui, quelque part dans la région des sentiments jamais formulés, suscitait ma fierté. De son côté, je crois qu'elle tira de la vanité le jour où elle m'annonça que nous étions invitées à dîner, elle et moi, par des relations de bureau avec qui elle avait sympathisé. C'est ainsi que je me retrouvai en sa compagnie chez des gens accueillants que j'identifiai comme des cadres entre quarante et cinquante ans, avec qui la conversation fut facile, enjouée. Ils habitaient rue Beaubourg dans l'un des beaux immeubles post-haussmanniens dont les angles sont arrondis et percés à chaque étage de trois hautes fenêtres, ce qui ménage à l'intérieur des sortes de bow-windows. Or, de ces fenêtres, la vue est plongeante sur le 30, rue Beaubourg, adresse où se trouve la galerie de Daniel, ouverte quelques années avant la construction du Centre Pompidou, à deux pas. On commenta la plaisante coïncidence. Sans me rappeler la date exacte, je situe ce dîner pendant la période où j'habitais seule, pas très loin dans le quartier, pleine d'un sentiment léger d'émancipation parce que je n'avais encore jamais connu le célibat. J'étais séparée de Daniel depuis plusieurs années et je n'étais pas encore installée avec Jacques à La Fabrique. J'étais de sortie avec ma mère et nous passions une agréable soirée, c'était inédit. Je faisais une incursion dans son univers professionnel, avant qu'elle-même n'entr'aperçoive le mien en croisant Klaus Rinke et Joseph Beuys dans ma nouvelle habitation. Je rencontrais ses collègues, ses amis, je rencontrais peut-être Simone Émonet.

La photographie de Simone en noir escortée de son aréopage d'hommes gris est datée de décembre 1966. Depuis six mois, j'ai quitté la maison, je suis partie vivre avec Daniel, je n'habite plus avec elle. Je date à peu près de la même époque, en raison des coiffures crêpées de quelques femmes, une autre photographie prise lors d'une fête d'entreprise. On devine beaucoup de monde autour de petites tables rondes couvertes de verres, beaucoup de femmes, elles sont neuf assises à celle où se trouve Simone, un homme chauve, un peu corpulent, s'est joint à elles. Simone est au centre exact de l'image et on ne voit qu'elle : son grand front lisse éclairé, son cardigan d'un blanc éclatant. Les femmes au premier plan se sont retournées vers l'objectif et se sont écartées, et les épaules, les têtes ou les chevelures des autres dessinent deux arcs de cercle qui mènent à Simone. Je suppose que le photographe allait de table en table. À cette table-ci, il s'est posté pile face à cette femme étrangement impassible. Tout autour, ce sont visages surpris, souriants, amusés, l'un s'occupe d'autre chose qui se passe à une autre table, un autre a la timidité de la très jeune femme qui craint le jugement photographique ; la voisine de Simone se colle à elle et se hisse pour s'assurer d'être dans le cadrage. Je doute que Simone ait senti son mouvement. Elle a bien tourné les yeux vers l'appareil, mais sans bouger ni la tête ni le buste. Elle regarde qui regarde pour ne pas le voir et signifier qu'elle est ailleurs. Elle est dans la lumière, non pas indifférente, plutôt délibérément absente. Tantôt j'y vois, comme sur la photographie de décembre 1966, une lassitude assortie d'un sourire automatique, tantôt je crois déceler une discrète ironie et le sourire devient sourire en coin. L'ironie tourne au défi : elle prévient la grosse lentille hostile qu'elle l'a repérée, et j'en viens à aimer cette détermination à ne pas se laisser prendre. Je suis devant la vieille photographie en noir et blanc comme devant ces reproductions lenticulaires que l'on bascule pour faire apparaître alternativement un visage qui rit, un visage qui pleure, un joli visage, une tête de mort, à vrai dire sans parvenir jamais à fixer l'un ou l'autre. Battement hypnotique de l'image. Voilà pourquoi j'y reviens sans cesse.

Table

NORD COMPO
multimédia

Composition et mise en pages
Nord Compo à Villeneuve-d'Ascq

CET OUVRAGE
A ÉTÉ ACHEVÉ D'IMPRIMER
SUR ROTO-PAGE
PAR L'IMPRIMERIE FLOCH
À MAYENNE EN JUIN 2025

Les Éditions Flammarion sont investies dans une démarche active pour l'empreinte environnementale de leurs parutions.
Ainsi, le livre que vous tenez entre vos mains a été imprimé en France sur des papiers issus de forêts gérées durablement, par un imprimeur engagé dans la protection de l'environnement.

N° d'édition : 631154-0. N° d'impression : 107260
Dépôt légal : septembre 2025
Imprimé en France